KB079472

사랑을 말할 때 우리는

사랑을 말할 때 우리는

김한아 소설집

차례

사랑을 말할 때 우리는

모르거나

한나가 교무실 문 앞에 섰을 때였다. 안에서 말소리가 들려왔다.

"양소영 선생 막 입고 다니는 건 여전해. 요새 애들, 선생들 옷 브랜드 귀신같이 알아내는데."

못마땅하다는 투의 목소리였다.

"폭탄 처리반이잖아요. 묵언수행 중이랍니다, 그 아이. 뭐 우리한텐 좋은 일이지요."

울림통이 큰 목소리였다.

양소영 선생이라면 한나의 담임이 될 사람이다. 폭탄이라면 자신을 두고 하는 말이라는 걸 한나는 어렵지 않게 알 수 있었다. 한나는 안에서 하는 이야기 소리가 멈추자 노크를 하고 교무실 문을 열었다. 입구 쪽을 바라보고 있던 선생님과 눈이 마주쳤다. 덩치가 큰 선생님은 한나를 보자마자 묵언수행 중인 전학생인 걸 알아본 모양이었다. 아무런 말없이 수어를 하는 사람처럼 유리창 근처에 뒷모습을 보이고 있는 사람을 가리켰다. 그 사람은 상체를 숙이고 엉덩이를 뒤로 뺀 자세를 하고 있었고, 까맣고 긴 생머리는 물결 모양을 이루며 허리께까지 늘어져 있었다. 큰 책상이 하체를 가리고 있어서 한나가 가까이 다가갔을 때에야, 몸 전체가 보였다. 양소영 선생은 한쪽 귀에 전화기를 낀 채 뭔가를 적고 있었다.

"네, …네. 하아! 아직도 있다고요? …아, 예. 아니죠. 아니죠. …하아! 학예사님이 저보다 후배라고는 해도 전공도 다르고 얼굴 한 번 뵌 적도 없는데… 네. 그럼 잘 부탁드립니다. 거기로 가면 되죠? 네, 네… 시간 내봐야죠. 네….."

뭔가 심각한 이야기를 듣는지 하아! 한숨 비슷한 소리를 내다 또 한참 뒤에 '네'라는 대답을 하고 있었다. 그러다 오른발을 들어 올리더니 왼 종아리를 긁었다. 까맣고 무성하고 부드러워 보이는 털이 누웠다 일어섰다. 흰색 면 반바지, 털이 그대로 드러난 맨다리는 좀 당황스러운 모습이긴 해 아까 전 들었던 이야기가 아주 이해되지 않는 건 아니었다.

"양소영 선생님! 전학생."

소영을 폭탄 처리반이라고 했던 울림통이 큰 목소리였다. 한나는 뒤돌아본 양소영 선생과 눈이 마주쳤다. 얼굴의 반을 가리고 있는 검정색 커다란 뿔테 안경은 뽀로로를 생각나게 했다. 소영이 입말로 '안녕!'이라고 했다.

"그래, 그래요. 다시 연락할게요. 고마워요."

서둘러 전화를 끊은 소영이 몸을 완전히 돌리자 반바지 앞쪽에 잡힌 자글자글한 주름이 보였다.

"앉을래? 그냥 서 있을래? 어떻게 할래? 아무래도 그냥 서 있는 편이 낫겠지."

한나가 고개를 한 번 끄덕했다.

"과묵하다더니 진짜 과묵하구나. 말 많은 것보단 나을 때도 있는 법이지. 내 말은 그럴 때도 있다는 말이지 늘 좋기만 하다는 건 아니다. 홍! 홍! 홍! 홍! 홍!"

특이한 웃음소리였다. 양소영 선생은 수첩과 한나를 번갈아 쳐다보더니 한숨을 내쉬었다. 한나의 고개가 더 아래로 내려갔다.

"아, 미안. 한숨 쉰 건 절대 너 때문 아니다. 좀 귀찮은 일이 생겨서 말이야."

'걱정이 돼서 알아봤는데 괜찮은 사람이라더라'고 전학 오기 전 학교 담임이 말했다. 냉정하고 무관심한 편이라 생각했던 담임이 마지막 날에 현관 앞까지 한나를 배웅하면서 한 말이었다.

소영은 지금 바닥에라도 딱 드러눕고 싶은 심정이었다. 박물관이라고 해서 아이들 체험 학습을 신청한 랑동 고고 박물관인 줄 알았더니 그곳이 아니었다. 전인대학교 박물관이라고 했다. 그때부터 성가신 일일 거라는 생각이 들었다. 그쪽 학예사라는 사람이 전인대 후배라고 자신을 소개 하더니 대뜸 토기를 찾아가라고 말했다. 토기라는 말을 들었을 때 바로 떠오르는 것이 있었다.

대학 4학년 여름, 성터 발굴에서 만난 선배한테 받은 토기가 있었다. 졸업 후 그쪽 사람들과는 연락이 끊겼고 토기는 창고에 방치되어 있었던 것 같았다. 창고를 정리하던 중 발견된 토기를 폐기 처분하기에는 소유주가 명확해 연락을 했다는 말이었다. 소유주가 명확하다는 그 말에 소영은 얼굴이 홧홧해졌다. 여전히 선명하게 기억나는 토기 동체부에 새겨진 내용 때문이었다. 그걸 생각하자 15년이 지난 지금도 손발이 오그라들고 낯이 뜨거워졌다. 굴이라도 파서 얼굴만이라도 묻고 싶은 건 자기인데 장한나의 머리는 침묵이 길어질수록 더 아래로 향하는 걸 보니 무슨 말이든 해야 할 것 같았다. 자폭하자.

"내 이름은 양소영인데 아이들은 양털이라 부르더라. 그래, 바로 네가 생각하는 이유. 개씨가 아니라 얼마나 다행이니.

개털이 될 뻔했다야. 홍! 홍! 홍!"

양소영 선생은 자신의 검은 털이 무성한 다리를 바라보며 또 소리 내 웃었다. 한나는 킥과 흑의 중간 정도인 큭! 이라는 짧은 웃음소리를 냈다.

"너 국사 잘한다면서 거의 단군 할아버지 급이라더라. 넌 국사의 신, 나는 상담의 신! 내가 널 찜했다는 거 아니겠니. 나 국사 선생이잖아, 날로 먹는. 홍! 홍!"

'폭탄 돌리다 재수 없게 걸리신 건 아니구요.' 한나는 속으로 생각했다.

소영은 묵언수행 중이라는 한나를 부탁하는 전화를 받았다. 아주 오래전 연락이 끊긴 선이였다. 선이는 자기 파트너의 친한 친구가 한나의 담임이었다는 말과 한나에게 따라붙은 소문에 대해서 조심스럽고도 조용하게 말했다. 15년 만의 통화였지만 선이 목소리는 친밀하게 느껴졌다. 통화를 끝냈을 때 '01 : 59 : 59'라고 기록된 숫자를 볼 수 있었다. 선이는 마치 어제 미처 못 끝낸 이야기를 이어서 하는 것처럼 이야기했고 소영 자신도 어제 다 못들은 이야기를 듣고 있는 것 같다고 생각했다. 선이를 친구 추가하자 프로필 사진(프사)에 주황색 소방관복을 입고 주먹 쥔 오른손을 올리고 있는 사진이 떴다. 선이는 소방관인 것 같았다. 두 시간 가까이 통화했지만 선이가 소방관인 건 프사를 보고 알았다.

'그땐 몰랐어.'

소영은 선이의 프사에 써진 상태 메시지가 어쩐지 자신에게 하는 말인 것 같다고 생각했다.

소영의 프사는 여전히 기본 상태로 변화가 없었지만, 상태 메시지는 '**나도 몰랐어.**'로 바뀌었다.

양소영 선생은 이번에도 다리를 긁적였다. 털이 누웠다 일어섰다.

"교실로 올라가봐. 우리 반은 지금 체육시간이라, 아무도 없을 거야. 모두들 전학생이 온다는 걸 알고 있어. 모두들 네 이름도 알고 있고. 그럼 가봐."

한나가 가볍게 고개를 끄덕하고 뒤돌아서 걸어가고 있을 때였다.

"장한나! 너 '역지사지' 할래? 역사 동아리인데. 동아리장이 우리 반 오여름이야."

소영은 한나가 미처 다시 돌아서기도 전에 말을 끝냈다. 한나는 반쯤 몸을 튼 어정쩡한 자세로 다시 한번 고개를 숙였다. 양소영 선생은 뒤돌아서 가는 한나의 뒷모습을 보고서야 교복 생각이 났다. 한나에게 주려고 여름에게 부탁해 받아놓은 것이었다. 여름은 갑자기 키가 크기도 했고 치마 교복을

14

입지 않았기 때문에 거의 새것 그대로인 교복이 있었다.

"아! 차! 차! 차! 이거 교복. 하복은 얼마 입지도 못하는데 사는 건 아깝잖아."

소영이 빠른 걸음으로 다가와 들고 온 종이 가방을 한나에게 안겼다. 장한나가 종이 가방을 받아들고 꾸벅 인사를 하고 돌아서려 할 때였다. 입구 쪽에 앉아 있던 두꺼운 렌즈의 금테 안경을 낀 여자 선생님이 종이를 내밀며 말했다.

"이거 간단한 거니까 작성해서 오늘 하교 전까지 내. 모르겠음 오여름에게 물어봐. 여름이라면 군말 없을 테니까."

목소리를 들으니 아까 양소영 선생의 옷차림에 대해 투덜거렸던 선생님이라는 걸 알 수 있었다.

"창가에서 두 번째 줄 뒤에서 첫 번째 자리!"

어느새 자기 자리로 돌아간 양털이 큰 소리로 말했다. 한나가 양털을 쳐다보자 양털이 또 말했다.

"네 자리 말이야. 말은 네가 하고 싶을 때 해도 돼. 그렇지요? 선생님들." 양털 말에 선생님들이 고개를 끄덕거렸다.

"노력은 해야지." 종이를 준 선생님이었다.

한나는 알겠다는 듯 고개를 작게 끄덕거리고 교무실을 나왔다.

내 별자리 속의 수학(오일러 공식: 점−선+면=1)

종이에 인쇄되어 있는 것은 달랑 한 문장뿐이었지만 한나

는 알고 있었다. 전학 오기 전 학교에서는 이미 했던 수업이
었다.

　3학년 1반 교실은 교무실에서 가장 먼 거리에 있었다. 교실
에는 아무도 없었다. 양털 말대로 체육 시간이라 책상 위에
옷가지들이 정신없이 흩어져 있었다. 한나는 양털이 말한 창
가에서 두 번째 줄 뒤에서 첫 번째 자리를 찾았다. 자리는 쉽
게 눈에 띄었다. 학기 중에 불쑥 옮겨온 전학생을 위해 새로
마련한 자리답게 책상 하나만큼 긴 줄이었다. 한나는 똑같은
길이의 줄들 사이에서 눈에 띄는 줄은 황당하게 나타난 자신
과 닮았다는 생각을 했다.

　교실 뒤쪽 벽면은 단순하게 꾸며져 있었다. 전지 크기의 초
록색 부직포 게시판이 덜렁 있을 뿐. 거기엔 **태어나줘서 고마**
워 라고 큰 글씨로 써져 있었다. 한나는 생일 게시판 같은 건
가 하고 추측했다. 태어나줘서 고맙다. 한나의 머릿속에 이런
단어 조합은 없다.

　일곱 살, 라푼젤 공주 풀 세트와 분홍 케이크까지, 한나는
완벽한 생일이라고 생각했다. 한나의 친할머니가 쳐들어오
기 전까지. 한나의 친할머니는 생일상과 한나를 싸늘하게 쳐
다보더니 '아무짝에도 쓸모없는 짜잔한 가시낭년이 태어나서
는'이라고 했다. 어린 나이였지만 한나는 자신이 태어나지 말

앉어야 했다는 걸 알았다.

오 여름의 말
내 몸은 (운동)할 때 가장 강하게 느껴진다.

태어나줘서 고맙다는 문구 옆에는 생일인 아이들이 자신의 몸이 가장 강하다고 느낄 때를 적는 난이 있었다. 여름의 말은 부직포로 만들어진 한글 자모를 이용해서 써진 문장이었다. 한글 자모는 붙였다 뗐다 할 수 있어 수시로 바꿀 수 있는 것이었다. 한나는 괄호 안에 들어갈 말을 생각해봤지만 딱히 떠오르는 단어가 없었다. 자신의 몸이 강하다고 느껴본 적이 없었기 때문이었다. 사진이 한 장 붙어 있었다. 사진 속 아이의 복장이 익숙했다. 라푼젤 공주 풀세트. 장 한나 또래 여자아이들 열에 아홉은 다 입어봤을, 어딘가 좀 묘한 분위기였다. 티아라가 좀 이상한가, 아니었다 아이의 머리가 거의 박박 민 것 같은 모습이었다. 아이 눈에 눈물이 그렁그렁했다. 막 울려고 하는 것인지 울고 난 후였는지.

갑자기 복도 쪽에서 왁자하게 떠드는 소리가 들려왔다. 한나가 재빨리 자리로 돌아가 자리에 앉자마자 아이들이 무리지어 교실에 모습을 드러냈다. 대부분 둘 아니면 셋이었지만, 제법 큰 무리도 있었다. 그 무리는 입장부터 요란했다. 뭔가 웃기는 말을 듣거나 했는지 웃음소리와 함께 우르르 몰려 들어왔다. 그 웃음소리 중 유독 귀에 박히는 낮으며 두께가 고르지 않고, 끊길 듯 이어지는, 변성기 시작의 남자 같은 꺼꺼 꺼어꺼! 꺼꺼껄! 껄! 이라는 웃음소리. 그 무리는 다 비슷하게 무릎 위까지 체육복 바지를 말아 올리고 있었고 이마에는 땀이 번들거렸다. 한나는 이 무리들이 돌도끼라도 들고 있었더라면 원시 모계사회를 완벽 재현하고 있는 모습이겠거니 하는 생각이 들었다.

"어라! 어, 어! 너!"

굵고 저음의 리드미컬한 소리를 내며 어떤 아이가 한나에게 다가왔다. 빨갛게 익은 얼굴에 땀인지 물인지 모를 액체가 맺혀 있었고, 이제 막 감은 것처럼 젖어 있는 머리카락 끝에는 제법 큰 물방울이 달려 있어 금방이라도 떨어질 것처럼 보였다.

"오여름!"

앞쪽에서 부르는 소리에 한나 앞에 서 있던 아이가 고개를 획 돌리자 수건이 날아왔다. 날아온 수건을 가볍게 잡아챈 여름이 얼굴의 물기를 닦고 요란스레 머리를 털었다. 물방울들이 날아와 서늘한 느낌이 들었다.

"전학생이 너였구나? 장한 나! 만반잘부."

여름은 키가 컸고 쌍꺼풀이 없이 길게 찢어진 큰 눈에, 흰

18

피부와 도드라지는 목젖을 가지고 있었다. 굵고 저음이지만 다정한 목소리라고 생각할 때 여름이 갑자기 손을 내밀어 얼굴을 만지려고 했다. 한나는 놀라서 고개를 돌렸다.

"너 놀랐구나? 미안. 얼굴에 머리카락이 붙어 있어서. 내 손이 엄청 크고 못생기긴 했지. 꺼꺼껄! 꺼꺼껄! 껄!"

여름은 자기 손을 흔들어 보이며 소리 내 웃었다. 아까 전 변성기 남자아이 같은 웃음소리는 여름의 것이었다.

"여름아! 아는 애야?"

"엉, 엄청 엄청 친한 사이야."

1초의 망설임도 없이 여름이 말했다. 한나는 여름을 다시 찬찬히 바라보았다. 얼굴은 전혀 기억이 나지 않았지만, 목소리는 어디서 들어봤던 것도 같았다.

"고양이 말이야. 나비 모양 콧수염 있는."

여름이 한마디를 더 보태자 그때서야 한나는 어젯밤 일이 생각났다.

빈 비닐봉지를 들추던 길고양이가 세워둔 자동차 아래로 느릿하게 몸을 감췄다. 고양이는 머리부터 등까지는 먼지 긴 검은색이었고 등 아래로는 노르스름한 흰색이었다. 고양이의 배가 묵직하게 아래로 내려와 있고 움직임이 둔한 것이 새끼를 배고 있는 것 같았다. 새끼가 세상에 나온다면 세습노비처럼 길고양이는 또 길고양이가 되겠지 라는 생각을 하자 한 나는 조금 우울한 기분이 되었다. 주머니에서 봉지를 꺼냈다. 육포 한 조각이 남아 있었다. 최대한 육포를 멀찍이 잡고서 고양이를 불렀다.

"야옹아! 야옹아!"

한나가 조심스럽게 부르자 아까 전의 고양이가 자동차 바퀴 사이로 얼굴을 내밀었다. 고양이는 입 위에 검은 나비넥타이 모양의 털이 있었다. 그 털은 그렇고 그런 길고양이가 아닌 품위를 느끼게 해주는 것이어서 세습 노비를 생각했다는 것이 미안했다. 한나는 자기도 모르게 육포를 두 손으로 공손하게 내밀었다. 고양이는 관심 없는 표정이었다. 먹을 것 앞에서도 흔들리지 않는 품격에 한나는 어느새 자기의 조공을 좀 봐달라고 애걸하고 있었다.

"야옹아! 이거 좀 먹어볼래? 아주 맛이 좋아. 좀 먹어봐. … 내가 아끼는 건데. …먹어봐! 제발! 한 입만"

한나가 육포를 비닐봉지에 올려두고 슬링백에서 스케치 노트를 꺼낼 때였다.

"지금 무슨 짓이야?"

위협적인 목소리에 뒤를 돌아봤다. 목소리의 주인공은 멀지 않은 곳에 서 있는 키가 껑충하게 크고 마른 사람이었다. 그 사람은 검정 후드를 머리에 뒤집어쓰고 있어 얼굴도 잘 보이지 않았고 화를 내고 있는 것 같아 무섭기까지 했다.

"너냐? 내 고양이 그렇게 만든 게 너냐고? 또 고양이를 어떻게 해보려고 그러는 거지? 야! 너 거기서!"

알아듣지도 못할 말을 하면서 화를 내는 그 사람이 무서워 도망치듯 그 자리를 벗어났고 뒤에서 그 사람이 뭐라고 했지만 멈출 생각도 듣고 싶은 생각도 없이 뛰었다.

"이제 기억나?"

아이들이 여름과 한나를 번갈아 쳐다보았다. 한나가 고개를 한 번 끄덕했다.

"거봐! 완전 친하다니까."

"어디서 왔어? 아빠가 직장을 옮겼어? 아님 부모님 이혼? 왕따? 강전?"

한 아이가 점심 메뉴 고르듯 아무렇지 않게 이혼과 왕따라는 단어를 말했다. 한나는 미동도 하지 않고 책상 위에 있는 작은 얼룩을 뚫어져라 쳐다보고만 있었다.

"오, 오! 살살 물어봐. 전학생 겁먹잖아." 여름이 그 아이의 팔에 손을 얹으며 말했다.

"아! 잊어버렸다. 전학생 말 못한다고 했는대." 질문을 해대던 아이가 이제 생각났다는 듯 말했다.

"희주야! 안 하는 거랑 못하는 거랑은 다르지. 안 그래?"

"아, 맞다."

희주가 쑥스러운 듯 혀를 내밀었다.

"헐, 양털 쌤 시간이잖아? 어서 자리로 가자."

여름 말에 한나를 둘러싸고 있던 아이들이 순식간에 흩어졌다. 아이들은 여름의 말을 잘 따랐다. 여름은 원시 모계 사회의 혹은 '정글의 법칙'이라는 프로에 나오는 병만 족장 같아 보였다.

"장한 나!"

자리로 돌아간 여름이 조금 큰 목소리로 한나의 이름을 불렀다. 낯선 느낌, 한나는 뭐지 하는 눈으로 여름을 보았다.

"장한 나! 멋진 나! 환영해!"

낯선 느낌, 그동안 누구도 장한나를 '장한 나'로 불러준 사람은 없었다. 한나는 기분이 이상했다. 오여름이 미소 지었다. 오여름의 미소는 윗잇몸이 드러나 유달리 해사해 보인다고 생각했다. 왠지 볼이 뜨거워져 고개를 푹 숙이고 말았다.

앞문이 흔들리는 소리에 고개를 들었다. 미닫이문이 조금 열리고 그 틈으로 삼선 슬리퍼 앞코가 보이더니 검은 털이 무성한 다리 한쪽이 쑥 들어왔다. 양털이었다. 앞문 쪽에 앉아 있던 아이가 재빨리 나가 문을 옆으로 밀었다. 양털은 가슴에 프린트물을 한 가득 안고 어깨에는 커다란 검정색 에코백을 메고 나타났다. 양털은 에코백을 교탁아래 바닥에 떨어뜨려 발로 쓱 밀어두고는 말했다.

"오늘은 1학기 때 배운 것 정리해볼 거야. 누가 좀 퍼즐지 나눠줘."

여름이 일어서 앞으로 나가더니 양소영 선생에게서 프린트물을 받았다. 여름은 창가 쪽 줄부터 맨 앞자리 아이에게 퍼즐지를 나눠주었다. 앞자리 아이들은 뒷자리 아이에게 퍼즐지를 넘겼다.

"다 받았니?"

"넹."

"넵."

비슷한 대답이 여기저기에서 들렸다.

소영은 한나와 눈이 마주치자 퍼즐지를 받았는지 눈짓으로 물었다. 한나가 고개를 끄덕했다.

"그럼 20분간 각자 풀고 다함께 답을 확인할 거야. 이번 선물은 요거다." 소영이 에코백에서 분홍색 손 선풍기 상자를 꺼냈다.

"이거 생각보다 시원하더라. 그런데 만점자가 나와서 이걸 가져가려나 모르겠다. 뭐 할 수 없지. 내가 쓸 수밖에. 흥! 흥!"

"쌤! 전자파 쩐다는데요."

누군가 말했다.

"노늅! 이거 전자파 없는 선풍기다. 자, 시작!"

양소영 선생은 의자에 앉지 않고 바닥에 털썩 주저앉더니 책을 읽기 시작했다. 보통의 책보다는 크기가 컸고 한자 제목의 책이었다.

한나에게 퍼즐 문제는 쉬웠다. 가로 문제는 가로 설명만으로도 풀 수 있었고 세로 문제는 세로 설명만으로도 풀 수 있었다. 시간이 남았다. 퍼즐지를 뒷면으로 뒤집자 드러난 흰색 빈 종이가 어쩐지 아까웠다. 펜슬케이스에서 목탄 연필을 꺼내 재빠르게 양털을 크로키했다. 양털은 책을 읽다 가끔씩 고개를 들어 반 아이들을 조용하게 바라봤다. 윤기 흐르는 긴 생머리, 커다랗고 검은 뿔테 안경 속 부드러운 눈빛, 진지해 보이는 입, 까맣고 부드러워 보이는 털. 완성된 모습을 보니 양털의 털이 너무 강조되었다 싶었다. 당황해 재빨리 손으로 문지르고 있을 때 양털이 말했다.

"퍼즐지 옆 사람이랑 바꾸자." 옆줄 아이 퍼즐지가 한나의 책상에 놓였다. 한나가 멀뚱이 바라보고 있자 그 아이가 어이없다는 표정을 짓더니 말했다. "야! 졸라 멍 때리네. 시험지 내놓으라고"

"1번의 답은? 북학파." 몇몇의 대답이 나왔다.

"2번의 답은? 정약용." 대부분의 아이들이 대답했다.

그리고 마지막 20번 문제였다.

"20번의 답은? 훈민정음운해." 한나와 퍼즐지를 바꾼 아이만 대답했다.

"수진아! 한나가 다 맞은 거야?"

"네, 쌤." 한나의 퍼즐지를 채점한 수진이 대답했다.

"장. 한. 나. 국사의 신 입증이네. 나와서 이거 가져가."

소영이 미니 선풍기를 내밀며 말했다.

"쩌업! 꽤 쓸만했는데."

소영은 미니 선풍기를 건네며 아쉽다는 표정으로 말했다.

한나는 고개를 꾸벅하고 뒤돌아섰다. 한나와 눈이 마주친 여름이 양손 엄지를 치켜세웠다. 여름의 행동을 본 희주가 입을 삐죽거렸다.

"쌤 롬곡각… 고구마 100개 먹은 듯."

한나가 자리로 돌아올 때 희주가 투덜거렸다.

"송희주! 고구마를 100개나 먹었다고?"

소영이 눈을 동그랗게 뜨고 물었다.

"아, 그게 아니고요. 장한나요. 말 안하잖아요."

"오라! 답답할 때 그 고구마 말이구나? 홍홍!"

"아, 불길해. 고구마 이야기 할 것 같은."

희주가 괜히 말했다는 표정을 지었다.

"의식의 흐름대로 . 멍석 깐 건 송희주 너다잉."

소영이 송희주에게 손가락 하트를 날렸다. 양소영의 손가락 하트는 요란했다. 팔, 다리를 쭉쭉 뻗어대는 것이 치어리 딩 같았다.

"쌤, 시작하시죠." 어떤 아이가 새삼스러울 것 없다는 듯 말했다. 아주 익숙한 일인 것 같았다.

"음. 오늘 퍼즐지에 등장한 실학과도 관계되는 이야기야. 지구상에서 가장 오래된 고구마는 페루의 한 동굴에서 발굴된 뿌리인데, 그 시기가 무려 1만 년 전이야. 우리나라는 일본을 통해 들여왔어. 1600년대 중엽에 바다에 표류하다 일본에 도착한 어민들이 고구마의 존재를 알지. 가뭄이나 홍수에도 짧은 기간 자라서 달고 부드럽고 배부르게 하는 작물이 있는데 굶주림을 해결해줘 '효자마'라고 불리고 있었지. 그런데 이 좋은 작물은 1700년대 후반이 되어서야 통신사 조엄이라는 사람에 의해 수많은 시행착오를 거쳐 우리나라에 뿌리를 내리게 되지. 이때 시대적 배경이 실학파들이 활동하는 시기야. 중농주의, 중상주의를 강조했던."

"어휴! 답답해. 괜히 고구마가 아니네요. 신석기 시대 작물을 우리나라 사람들은 조선 후기에나 먹는 거잖아요."

희주가 진짜 고구마를 먹어 답답한 사람처럼 흰색 반팔 티목 부분을 잡고 흔들어댔다.

"다 내 잘못이다. 잘못 가르친 선생 잘못이지. '효자마'에 방점을 찍을 줄 알았더니."

"근데 쌤! 왜 우리나라는 일본을 통해서 뭘 받아요? 육지로 연결된 우리나라에 먼저 들어와야 하는 거 아니에요?"

희주가 진지한 표정으로 물었다.

"오! 좋은 질문. 육지에는 장애물이 더 많았다고 볼 수 있지. 적대적인 국가가 있어서 거기를 통과하기도 어려웠고, 수레나 동물을 이용한 물건 운반도 한정적이었다고 봐야지. 그에 비해 바닷길은 바람의 힘을 이용해 육로보다는 훨씬 빠르고 쉽게 더 많은 물건과 사람을 이동시킬 수 있었지."

한나는 선물 상자에 붙은 포스트잇에 그려진 그림을 보고는 킥! 소리를 냈다. 인터넷에서 본 적이 있는 그림이었다. 선풍기 캐릭터가 '안녕하새오 선풍기애오 세상에 나빼고 제대로 도라가는개 없내오 도라버리겐네' 하며 작동되고 있는 모습을 그린 것이었다.

"졸라 꼴값 떠네."

수진이 비아냥거렸다. 한나의 인중과 이마로 뜨거운 기운이 몰리고 땀이 배어나왔다.

"아주 흥미로운 설문 조사 결과가 있어서 쌤도 한 번 해보려고. 어떤 건물에서 불이 났어. 건물에는 자신의 강아지와 어린 아이가 갇혀 있었어. 둘 다 구할 수는 없어. 그럴 때 너희는 누구를 구하겠니?"

희주가 손을 들더니 말했다.

"강아지요."

"이유는?"

"제가 사랑하고 아끼는 강아지니까요."

"희주랑 의견 같은 사람?"

양털의 질문에 제법 많은 아이들이 손을 들었다. 한나가 여름을 봤을 때 희주 역시 여름을 보고 있었다. 여름이 손을 들지 않은 걸 확인한 희주 얼굴에는 실망한 빛이 역력했다.

"아기를 구할 사람은?" 양털의 질문에 여름이 손을 들었다. 여름을 포함해 아기를 구하겠다는 아이들은 강아지를 구하겠다는 아이들보다 적은 숫자였다.

"오여름 이유는?"

"아기는 사람이니까요."

"그럼 희주 의견에 동의하는 사람은 강아지를 줄여서 강팀, 여름이랑 의견이 같은 사람은 사팀으로 나눠서 자유롭게 이야기해보도록 하자. 수진이는?"

"저는 둘 다 귀찮아요. 강아지도 아기도 관심 없어요."

수진이 말했다.

"그래? 그럼 오늘 진행은 수진이. 어디에도 치우치지 않아 딱인걸."

수진이 투덜거리며 교탁에 섰을 때 말하고 싶은 아이들이 서로 앞다퉈 손을 들고 말을 했다. 이미 익숙한 일인 것 같았다.

"강팀입니다. 강아지나 사람이나 생명은 다 소중합니다. 생명은 하나뿐이고 다 똑같이 중요하지 않나요? 게다가 내가 사랑하는 우리 집 강아진데 아기보다 먼저 구하겠죠."

한 아이가 강아지를 안고 있는 포즈를 취하며 말했다.

"사팀입니다. 물론 생명은 중요해요. 그런데 만약 화재현장에 강아지가 아닌 자기가 사랑하는 빈대나 벼룩이 있다면 빈대를 구하겠다는 얘긴가요?"

여름이 그 아이에게 질문했지만 우물쭈물 대답을 하지 못했다. 그러자 희주가 손을 들더니 말했다.

"강팀입니다. 자기가 사랑을 쏟는 동물이라면 빈대나 벼룩이라도 당연히 구해야지요."

"맞아요. 내 강아지는 나를 사랑하고 외로움도 달래주지만 생판 모르는 아기는 짐만 될 것 같아요."

좀 전의 아이가 희주 말에 맞장구를 쳤다.

"사팀입니다. 사람이 위험에 처했을 때 강아지는 사람을 구하지 못합니다. 사람이 구하지."

다른 아이가 말했다.

"오수의 개도 있어요. 강아지는 충성스러워서 자기 목숨까지도 내놓고 인간을 구하기도 해요."

"사팀인데요, 인간을 물고 죽이는 개도 많아요."

"강팀이에요, 아기가 죽는 건 안타깝지만 사랑하는 내 강아지가 죽는다면 너무너무너무 슬플 것 같아요."

강아지를 안는 포즈를 취한 아이였다.

"사팀입니다. 강아지를 살렸다는 기쁨은 잠시일 수도 있어요. 하지만 죽은 아기에 대한 미안함과 죄책감은 평생 가지 않을까요. 사람이니까요."

여름이 말했다.

"강팀도 사팀도 존나 아니 졸라 말 잘하네? 마무리는 선생님이 해주세요."

"지수진 수고했다. 다들 좋은 이야기 해줘서 고맙고. 쌤이한 번 정리해서 이야기해볼게. 인간은 기본적으로 인간에 대한 기대와 헌신이 있어. 위험에 처했을 때 구해줄 누군가가 있다는 믿음, 헌혈 같은 경우엔 자기도 모르는 사람에 대해 선의를 베푸는 행동이잖아. 헌혈하고 나면 뿌듯하거든. 너희들은 아직 나이 제한 때문에 못 해봤겠지만. 결국 인간을 인간일 수 있게 하는 건 인간에 대한 신뢰와 배려가 아닐까 생각해. 우리가 이렇게 살아 있는 건 나도 모르는 수많은 인간들의 헌신이 있었기 때문이야. 강아지를 구하고 싶더라도 아기를 구하는 것이 맞다는 생각을 해. 선생님 의견이 정답은 아니니까 각자 의견도 정리해보자. 그리고 2학기 때도 우리들 밖에 누구도 둬서는 안 된다잉."

"넵!"

"여름! 한나 좀 도와줘라. 아까 수학 쌤이 프린트 주시던데."

"엣썰!"

"그럼 조금 있다 보자. 사랑하는 우리 반!"

"우웩! 우웩!"

양털이 교실 문을 열고 나가자마자 수진이 구역질 소리를 냈다. 교실 문이 다시 열리더니 양털이 얼굴을 들이밀고는 말했다.

"수진아! 넌 쌤이 그렇게 좋아? 벌써 보고 싶다는 거겠지? 흥! 흥!"

웃음소리를 남기고 소영이 사라지자 수진이 돌았다는 제스처를 해보였다.

"지수진! 적당히 해라." 여름이 말했다.

"내가 뭘? 졸라 말도 못하는 애를 어떻게 도와? 너 수화는 할 줄 아냐?"

수진이 얼굴을 잔뜩 일그러뜨리고 손과 몸을 뒤틀며 한나에게 말했다.

"너 참 못됐다." 희주가 수진을 흘겨보며 말했다.

"왜 다들 나한테 지랄들이야. 개 빡치네."

아이들 대부분이 수진의 말을 못 들은 척했다.

"와! 특이해! 이런 그림 처음 봐!"

목탄 그림을 처음 본 여름이 큰 소리로 말했다. 아이들이 몰려들었다.

"눈 졸라 그지 같네. 널린 게 이런 그림이지. 오여름 넌 졸라 오버해 홍! 홍! 홍!" 수진이 양털의 웃음소리를 흉내 내며 밖으로 나갔다.

"쟤는 누구 칭찬하는 꼴을 못 본다니까. 여름아…"

희주는 여름에게 매점에 가자는 말을 꺼내지 못했다. 여름은 이미 한나의 그림에 빠져 있었다. 여름은 한나가 그리기를 멈춘 것이 자기의 머리 때문이라는 걸 한참이나 지난 뒤에 알아챘다.

"아, 미안. 내가 이렇다니까. 빠지면 나올 줄을 몰라. 껄! 껄!"

여름의 선명한 목젖이 희고 얇은 피부를 통해 위, 아래로 움직였다. 한나 가슴 속에서 쿵! 뭔가 내려앉았다.

희주가 여름의 팔짱을 꼈다.

"아, 미안. 한나 하는 거 봐줘야 해서."

여름은 희주에게서 팔을 빼며 말했다.

"혼자서도 잘하는데 뭘."

희주가 투덜거렸지만, 여름은 그것도 모르고 한나 옆에 의자를 가지고 가 자리를 잡고 앉았다. 희주가 인상을 쓰며 밖으로 나갔다.

한나가 그린 처녀자리의 처녀는 짧은 곱슬머리에 볼에는 모닝 빵 크기의 둥그런 살이 올라와 있어, 개구진 아이 같은 모습이었다. 여름은 자기도 모르게 한나가 그린 처녀의 볼에 손을 대고 말았다. 둥글게 솟았던 볼이 뭉개져 바람이 막 빠지기 시작한 풍선처럼 늘어진 모습으로 변했다. 여름은 얼굴이 빨개진 채 아무런 말도 못하고 있었다.

한나는 여름도 자신처럼 진짜로 미안하면 아무것도 아무런 말도 하지 못하는 것 같다는 생각이 들었다. 한나는 대수롭지 않은 일이라는 듯 실제로 대수롭지 않은 일이어서 뭉개진 볼을 손가락으로 살살 문지르고 다시 그리기 시작했다. 처음 목탄화를 배울 때 선생님이 말했다. 목탄화는 잘못된 곳에서부터 다시 시작하면 되는 것이라고 0을 만들 필요는 없다고. 잘못되어도 처음부터 다시 시작하지 않아도 된다는 말은 무척이나 안심되는 말이었다. 맞는 말이었다. 목탄화는 틀리는 것을 두려워할 필요가 없어 곧 좋아하게 되었다. 얼마 지나지 않아 풍선에 바람이 들어간 것처럼 볼이 다시 빵빵해졌다.

한나는 아무런 말없이 그림 옆에 점 : 15 선 : 15 면 : 1. 15 − 15+1=1 이라고 쓰고는 연필을 내려놨다.

"다 됐음 같이 가줄까?"

잠겨 있는 것 같은 목소리로 여름이 묻고는 자기도 모르게 한숨을 푹 내쉬었다. 한나의 얼굴에 열기가 훅 끼쳤다.

여름은 교무실에 가는 것이 썩 내키지 않았다. 유교 걸을 마주치고 싶지 않았기 때문이다. 수학 선생인 유교 걸은 여름에게 관심이 많았다. 숫제 관찰을 하고 있는 것 같았다. 여름이 머리를 잘랐는지 길렀는지도 알고, 교복도 치마인지 바지인지도 알고 있었다. 그리고 방학 날 상담실에서 있었던 일 때문에 더더욱 피하고 싶었다.

"혼자 가고 싶으면 혼자 가도 되고."

한나가 고개를 가로저었다. 여름은 입을 꾹 다물고 잠깐 생각 하는 것 같더니 일어서며 말했다.

"그래. 그럼. 내가 같이 가줄게. 일단 빨리 가자. 운이 좋으면 유교 걸 없을 수도 있으니까. 책상 위에 올려두면 될 거야."

여름이 교무실 앞에서 다리 찢기를 하더니 말했다.

"이렇게 하면 몸도 마음도 유연해지거든. 웬만해선 상처 받지 않게 돼."

여름의 말은 한나에게 하는 말인 것도 혼잣말인 것도 같았다. 여름은 긴장하고 있었다. 여름이 심호흡을 하고는 교무실 문을 살짝 밀었을 때였다.

"오여름! 무슨 일이야? 쌤 보러 온 거야?"

"이크크! 유교 걸."

여름이 한나에게 속삭였다. 여름은 난감한 표정을 지었지만 곧 웃는 얼굴로 수학 선생에게 말했다.

"아, 쌤. 한나랑 같이 왔어요. 쌤 프린트 제출하려고."

"아, 그래. 이리 가져와. 여름이 너 달라진 것 같다. 어디 보자, 아, 머리 길렀구나? 한 달? 한 달이 뭐야 달랑 이 주를 못 가더니 뭔 일이래? 방학 동안 내내 길렀나 보네. 얼마나 보기 좋니? 여자가 말이야. 꼭 남자같이 말이야. 머리 짧게 하고 다니는 애들 십중팔구는 거, 왜 이상하더라고."

한나가 수학 선생에게 프린트물을 내밀었다. 수학 선생은 한나가 내민 프린트물을 힐끔 보더니 다시 여름에게 말했다.

"앞으로 머리도 더 길 거구. 너 이참에 교복도 치마로 입는 건 어때? 쌤이 구해줄 수 있는데."

세상 다정한 목소리였다.

"에이 쌤! 치마는 불편해요."

"여자가 치마를 입어버릇 해야지. 헛생각이 안 드는 거야. 이상한 생각은 다 그런 데서 나오는 거다."

"에이 쌤! 그런 말이 어딨어요?"

"너는 이제 이상한 생각 안하지? 마음 고쳐먹은 거지?"

유교 걸의 말에 장단 맞추듯 대꾸를 하던 여름이 얼굴이 굳은 채로 아무런 말없이 서 있었다. 한나는 수학 선생이 자기에게 묻지도 않은 '이상한 생각'이라는 말에 왠지 뒷머리가 서늘해지고 등줄기로 식은땀이 흘렀다.

"내가 수학 잘하는 널 아끼니까 하는 말이다. 시간이 지나면 아니란 걸 알게 된다. 전에 네가 한 말 말이다. 그런 이상한 생각, 이제는 안 하니까 머리도 기르고 그러는 거지?"

수학 선생이 한나가 제출한 프린트물을 말았다 풀었다 하며 말을 이어갔다. 한나가 목탄으로 그린 처녀의 얼굴이 뭉개지고 있었다.

"수학 잘하는 애는 그런 지저분한 것이랑은 어울리지 않아. 난 널 믿는다."

자기 자리에서 내내 지켜보고 있던 소영이 재빨리 걸어오더니 끼어들었다.

"선생님 말 끝나셨죠? 여름! 한나! 어서 가!"

"선생님! 저 가봐도 되죠?"

여름이 수학 선생에게 물었다.

"아, 그럼 가봐야지. 수학 잘하는 오여름. 수학 잘하는 사람들은 뭐든 똑 부러지고 깔끔하지. 보기 좋다! 보기 좋아."

여름이 한나를 뒤에서 에스코트하듯 하고 교무실을 빠져나가고 있었다. 소영은 그 모습을 보며 15년 전 선이와 자신의 모습을 떠올렸다. 늘 짧은 머리를 고수했던 선이는 키가 크고 덩치도 어느 정도 됐었고 늘 긴 생머리를 한 소영은 키도 작고 덩치도 작은 편이었다.

발굴이 쉬는 주말, 자전거를 타고 철길을 따라 끝없이 달렸던 날. 풀밭에 드러누워 높고 푸른하늘을 오래도록 쳐다보면 바다처럼 보이고 어느 순간 하늘인지 바다인지 혼란스럽게 되어 눈을 감았을 때였다.

"양소영! 양소영! 양소영!" 선이가 큰소리로 소영의 이름을 불렀다. 옆에 있는데도 멀리 있는 사람을 부르는 것처럼 소리 내 부르는 선이의 목소리는 듣기가 좋았고 재밌기도 했다.

"고선이! 고선이! 고선이! 고선이!"

상대방이 부른 자신의 이름보다 횟수를 늘려 이름을 불렀다. 언제까지 계속되었는지 잊었지만 이름을 부를수록 점점 가까워지고 점점 그리워진다는 느낌이 들었다. 같은 층위에 있는 사람이라는 생각은 둘 사이를 점점 더 친밀하게 만들었다. 하지만 얼마 지나지 않아 두 사람은 같은 층위가 아닌 아주 많이 다른 층위에 있다는 걸 확인하는 일이 터졌고 완전히 멀어지게 되었다. 층위가 교란된 것처럼 혼란스러웠던 그때의 감정이 되살아나고 있었다.

여름은 교무실 문을 나서자마자 한동안 무릎을 꺾고 있다 말했다.

"꽉 막혀서 유교 걸이야. 수학도 좋고 평상시 유교 걸도 나쁘지는 않지만 이럴 때는 유교 걸 딱 질색이야. 껄! 껄!"

여름은 웃고 있었지만 한나는 허벅지에 올린 여름의 손이 떨리고 있는 것을 보았다.

한나는 처음으로 '남자는 불편해'란 말은 그럴싸한 껍데기일 수도 있을 거라는 생각을 했다. 여태 자신도 몰랐던 알맹이는 어쩌면 그것일지도 모르겠다고. 유교 걸이 말한 '이상한 그것'.

한나는 오래도록 고개를 끄덕거렸다.

양털에게 받아 온 교복을 빨기 위해 습관처럼 주머니를 뒤졌다. 치마 주머니를 뒤질 때 바스락거리는 소리가 났다. 꺼내보니 초콜릿이 들어 있는 작은 꾸러미였다. 꾸러미에는 포스트잇이 붙어 있었다.

세탁 끝.
좋은 일만 일어나라 뿅뿅

한나는 어떤 글씨는 가슴을 둥둥 두드려대는 것 같다고 느낀다. 이 글씨체가 그랬다. 보는 순간 북소리처럼 울려 가라

앉은 감정을 가뿐하게 띄워 올리고 있었다. 초콜릿 하나를 입속에 넣었다. 극강의 달달함은 긴장을 풀어주었다. 뽕뽕이라는 글자는 좋은 일이 나타날 때 나는 소리일 것도 같았다.

"그럴 리가. … 그럴 수도."

한나가 중얼거렸다.

혹은 두렵거나

청소시간부터 가늘게 내리기 시작하던 비는 밖으로 나오자 더 굵어져 있었다. 우산 챙기는 것을 잊어버리기라도 하면 속수무책으로 비를 맞아야 했다. 그래서 한나는 늘 가방에 손바닥 크기로 접어지는 우산을 넣어가지고 다녔다. 그런데 가방에 우산이 없었다. 어젯밤 가방을 챙기다 잠깐 빼놓고 잊어버린 것이 분명했다. 한나는 아이들이 몰려 있는 주 출입문을 지나 아무도 없는 옆문으로 갔다. 시멘트 바닥에 떨어지는 비를 멍하니 지켜보고 있을 때였다. 비에 젖은 삼선 슬리퍼의 앞코가 다가와 앞에 섰다.

"우산 없는 거야?"

고개를 들었다. 앞에 여름이 있었다. 여름은 비닐우산을 쓰고 있었다.

"이거 너 써. 그냥 주운 건데, 아직은 쓸 만한 것 같아. 내일 보자."

여름은 비닐우산 손잡이를 한나에게 쥐어주고는 뛰어갔다. 손잡이엔 가격표가 붙여져 있었다. 왜 나에게? 생각을 하며 여름의 뒷모습을 바라봤다. 여름은 오늘도 체육복 차림이었고 바지는 여전히 허벅지 부근에서 돌돌말린 상태였다. 여름의 발목에서 종아리로 올라가는 근육이 단단하게 보였다. 왠지 우산 쥔 손이 떨렸다.

"여름아! 말도 없이 어딜 갔다 온 거야? 얼굴은 왜 이렇게 빨갛고."

여름의 무리들이었다.

"어어! 그런데 나 가방 안 챙겼어."

"내가 챙겨 나왔어. 그런데 너 전학생한테 네 우산 준 거야?"

희주가 물었다.

"아, 난 너 있잖아. 내가 들게 우산."

여름이 희주의 우산을 받아 들었다. 희주는 두 사람이 들어가고도 넉넉한 골프 우산을 쓰고 있었다.

"졸라 이상한 시추에이션. 너 지금 졸라 수상해. 전학생 좋아하냐? 핫하!"

수진이 이상한 웃음소리를 냈다.

"그런가? 꺼꺼껄! 꺼꺼껄! 껄! 껄! 껄!" 여름의 웃음소리가 유난히 더 길고 컸다.

"너 진짜야?"

희주가 깜짝 놀라 물었다.

"누구든 사이좋게 지내면 좋잖아. 자, 비오는 날은 매운?"

여름이 외쳤다.

"떡볶이!"

무리들은 그새 한 목소리로 외치더니 재잘거리며 몰려갔다. 수진은 어정쩡한 자세로 무리들의 뒷모습을 쫓고 있었다.

"수진아!"

여름이 같이 가자는 듯 고갯짓을 했다. 수진의 물방울무늬 우산이 검정색 골프용 우산에 바짝 붙었다. 골프용 우산 안에는 여름과 희주가 있었다. 한나가 무리들의 뒷모습을 바라보고 있을 때 여름이 우산 밖으로 손을 내밀어 오래도록 흔들었다.

"통 안 나오는 것 같더라. …엄청 기다렸는데."

여름이었다. 한나는 여름이 무엇을 말하는지 알 것 같았지만, 아무런 대답도 하지 않았다. 한나가 아무런 반응이 없자 여름이 양손으로 머리를 벅벅 긁어댔다. 머쓱할 때 하는 여름의 습관이었다.

여름의 머리는 지난 주 내내 유교 걸이 보기 좋은 머리라고 칭찬했던 것에서 투 블록 커트로 바뀌었다. 수학 시간 유교 걸은 여름의 짧은 단발을 보며 뿌듯한 미소를 보였고 여름이 가장 어렵다고 하는 문제를 가볍게 풀어나갈 때는 여름의 머리를 부드럽게 쓰다듬기도 했다. 그럴 때마다 수진이 "또라이 년"이라고 작게 중얼거리는 소리를 한나는 들을 수 있었다.

여름은 주머니에서 조그만 스프레이를 꺼내 머리에 뿌리며 말했다.

"정전기 때문에. 레몬즙으로 만든 거야. 냄새 괜찮지?"

여름의 머리에 수많은 물방울이 내려앉았다. 여름이 손가락 빗질을 할 때마다 레몬향이 났다. 여름의 둥글게 솟은 이마와 끝이 적당히 둥그스름한 코와 날씬한 목선과 선명한 목젖이 드러났다. 탄산의 기포처럼 스르르 올라오는 청량한 느낌이었다.

"말할 기회가 빨리 올 줄 알았는데, 그날 밤, 네 행동이 좀 이상해서 오해했어. 화내서 미안. 그때는 좀 예민할 때였거든. 내가 먹이를 주던 길고양이들 중 한 마리를 누군가 죽였어. …아주 잔인한 방법으로."

여름의 목소리가 떨렸고 주먹 쥔 손도 떨렸다.

한나는 그러는 여름에게 위로의 말을 건넬 수 있으면 좋겠다고 생각했지만, 아무런 말도 하지 못한 채 고개만 끄덕거릴 수 있었다. 말은 오히려 방해만 될 뿐.

"요즈음은 길고양이가 사람들을 친근하게 여기게 되면 생명이 위험해질 수도 있어서 되도록 거리감을 두려고 하지. 모두가 캣 맘에게 친절한 건 아니고. 그래서 말다툼을·한 적도 있어. 일방적으로 당하기는 했지만."

멀리서 아이들 소리가 들리기 시작했다. 아이들 소리가 점점 가까워지자 여름은 문 쪽으로 고개를 잠깐 돌리더니 쫓기듯 더 빠른 속도로 말했다.

"10시쯤 고양이들 밥시간이야. 나는 그 시간에 거기에 있을 거라고. 혹시라도 근처 지나칠 일 있다면. 아, 진짜 할 말은 빼 먹었다. 꾸미기판에 들어갈 사진 한 장이랑 장한 나의 말도 준비해 오고. 혹시 꾸미기판 봤어?"

한나는 고개를 끄덕였다.

"생일인 아이들이 간단하게 마음 가는 대로 꾸미는 곳이거든. 8월 9월 생일은 나 혼자인데 네가 와서 정말 좋아. 진짜로."

한나가 고개를 끄덕이다, 여름에게 비닐우산을 건넸다.

"안 돌려줘도 되는데. 주운 거라 작은 구멍도 있는 것 같았는데. 너도 혹시 봤어?"

비닐우산을 펴며 여름은 속마음을 들킬까 봐 많은 말을

했다.

"아! 기린이다. 나 주려고? 나 생각하고 그린 거야?"

한나가 고개를 끄덕이자 여름이 미소 지었다. 여름의 미소는 선물 같은 느낌이 들어 기분이 좋아지는 것이었다.

"나 기린 엄청 좋아하는데 너도 좋아해? 그럼 기린 보러 갈래? 나 친한 기린 있는데. 엄청 친한데."

한나는 지금 당장에라도 '그래, 가자'라고 말하고 싶었지만 꾹 참았다. 한나는 생각했다. 어쩌면 이곳에서는 누군가와 다시 말하게 될지도, 그 누군가는 이 아이가 되겠지 하고.

"둘이서 뭐해? 둘만의 졸라 오붓한 시간을 방해라도 한 거?"

뒷문으로 갑자기 나타난 수진이 여름과 한나를 번갈아 쳐다보며 물었다. 입가에 알 수 없는 웃음기를 띤 채.

"어, 어. 그냥."

뒤늦게 교실로 들어온 무리들이 여름에게 몰려들었다. 무리들의 손에는 아이스크림이 들려 있었다. 무리들 중 희주가 눈을 쎌쭉하게 뜨더니 말했다.

"급한 일 있다고 마무리도 안 하고 가더니만. 급한 일이 장한나랑 이야기 하는 거였어?"

여름이 한나 쪽을 한 번 돌아보더니 말했다.

"어, 미안, 미안. 꾸미기판에 대해 이야기했지. 장한 나도 생일이 9월이잖아. 혼자서 외로웠는데 잘됐잖아."

여름의 말에 무리들이 고개를 끄덕였다. 그때 또 수진이 여름이 들고 있던 비닐우산을 눈으로 가리키며 물었다.

"졸라 유치한 그건 뭐냐?"

"아, 이거? 비닐우산이잖아."

여름이 대답했다.

"졸라 빡치네. 여기 그거 모르는 빙신도 있냐? 너희들 뭐 있는 것 아니야?"

수진의 한쪽 입꼬리가 위로 치켜올라갔다. 뭔가 재밌는 일을 기대한다는 듯.

"여름이랑 장한나랑 있을 게 뭐 있는데?"

"오여름이 알겠지. 그건 아냐? 오여름, 장한나를 장한 나라고 부르는 거. 졸라 오글거리는데."

모두들 여름을 쳐다봤다. 그때 수업 예비종이 울렸다.

"앗! 지금 유교 걸 시간이다. 빨리 준비하자."

여름이 말했다.

"유교 걸 반응 졸라 궁금해. 최애 오여름이 삼 일 만에 싫어하는 꼬라지로 나타났으니."

수진이 자리에 앉으며 말했다.

"유교 걸이 네 머리 모양 가지고 화내는 건 오버지. 어서 가자!"

희주가 여름의 팔짱을 끼고 가자, 다른 아이들도 흩어졌다. 한나를 둘러쌌던 원도 빠르게 사라졌다.

"오여름! 너, 너 나한테 바, 반, 반항 하니?"

수업에 들어 온 유교 걸이 다짜고짜 말까지 더듬으며 소리 쳤다.

"쌤! 무슨 말씀이신지 모르겠는데요?"

여름이 깜짝 놀라 말했다.

"머리 보기 좋다 했더니 그새 싹둑 잘랐잖아. 눈에 거슬려 서. 여자가 머리를 그렇게 하면 자꾸 이상한 생각한다고. 내 가 한두 번 경험해본 줄 아니. 척 보면 위태위태한 것이 보이 는데."

"어떤 이상한 생각이요? 선생님, 여름인 야동 같은 거 안 봐요." 희주가 말했다.

"내가 언제 야동 봤다고 했니. 그런 것이 있다. 말하기 뭣 한."

"아, 쌤! 말 좀 해줘요. 졸라, 궁금해요." 수진이 말했다.

"야! 넌 다른 사람 신경 쓸 시간에 아주아주 이상한 니 수 학 점수에나 좀 신경 써라. 더하기 빼기만 해도 맞출 문제도 틀리는 건 이상하지 않니? 그것만큼 이상한 게 또 있을라구. 자, 어디 할 차례냐?"

"미친년" 수진이 중얼거리는 소리에 몇 명의 아이들이 뒤로 고개를 돌렸다. 유교 걸은 아무것도 듣지 못한 것 같았다. 수업 중간중간 유교 걸은 못마땅하다는 듯 쯧! 쯧! 소리를 내며 여름을 봤다. 여름은 유교 걸이 자기에게 이러는 이유를 알 수 있었다.

방학 날이었다. 모두 돌아간 걸 확인한 뒤 여름은 소영과 상담실에서 상담을 했었다.

자기는 좀 이상한 것 같다고. 여자가 좋은데 친구로 좋은 건지 그 이상으로 좋은 건지 모르겠다고. 남자가 싫은 건 아니지만 여자들만큼 좋은 건 아니라고. 양털은 당황해 한동안 말이 없더니 더듬거리며 말했다. 미안한데 자기는 아무런 준비를 못했다고. 횡설수설 했지만 양털은 확신에 찬 목소리로 말했다. 남 챙겨주길 잘하고 긍정적이고 밝은 오! 여름은 놀랍고도 사랑스러운 존재라고.

그때 상담실 문 앞에서 헛기침 소리가 들리고 곧이어 문이 열렸다. 유교 걸이었다. 유교 걸은 놀라서 아무 말도 못하고 있는 양털과 여름에게 말했다.

"나 그 정도로 꽉 막힌 사람 아닙니다. 여름이 너 착각하는 걸 수도 있어. 그렇게 남자처럼 하고 다니니. 방학 동안 머리도 좀 길러보고 치마도 입어보고 또 공부 방해 안 될 정도로 남자 친구도 사귀어보고. 내가 너 믿는 거 알지?"

양털도 여름도 고개를 끄덕거렸다. 그 모습을 본 유교 걸은 만족스러운 미소를 지었다.

한나는 집에 돌아와서 사진을 찾았다. 앨범은 딱 한 권뿐이었다. 사진 속 한나의 모습은 초등학교 2학년에서 멈춰 있었다. 사진들 중 일곱 살 한나는 라푼젤 공주 옷을 예쁘게 차려입고 눈이 없어질 정도로 웃고 있었다. 세상 제일 행복한 아이처럼. 모두가 태어나줘서 고맙다고 말해주는 것처럼.

목탄으로 그림을 그리기 시작했다. 스케치 노트에는 어느새 가장 불행한 일곱 살 여자아이가 자리 잡고 있었다. 공주 원피스와 티아라를 썼음에도 사진에서는 알 수 없었던 어떤 기대감도 없는 눈빛과 웃어본 적이 없는 것 같은 무표정한 얼굴을 드러낸 채. 진실을 확인하는 건 불편했다.

웃는 얼굴이 담긴 사진은 더 이상 없었다. 행복하지 않았더라도 가장 행복하게 웃고 있는 라푼젤 공주 착장 사진을 챙겼다. 남에게 불행을 내보이는 건 싫었다.

점심시간, 한나는 아이들이 모두 급식실로 빠져나갈 때까지 꼼짝 않고 앉아 있었다. 점심을 신청하지 않았기 때문이다. 전학 오기 전 학교 식당은 식탁이 일렬로 늘어서 있고 순

서대로 앉아서 점심을 먹었다. 그런데도 한나를 제외한 벤다이어그램이 그려졌다. 도시락을 가져오기 시작했고, 아이들은 교실에 들어오면 냄새난다고 유난을 떨었다. 그때부터 점심 메뉴는 냄새가 나지 않는 샌드위치와 주스로 굳어졌다.

한나는 점심을 먹고 스케치 노트를 펼쳐, 여름의 코를 수정했다. 실제 여름의 코는 끝이 살짝 들리고 둥그스름했는데 그림 속 여름의 코는 끝이 거의 들리지 않아 침울한 분위기를 만들고 있어 여름 같지 않았기 때문이었다. 코를 수정하자 금세 밝고 명랑한 여름이 되었다.

"밥은 먹었어?"

누군가 나타나기엔 이른 시간, 불쑥 끼어드는 목소리, 여름이었다. 비엔나소시지처럼 줄줄이 엮여오던 무리들은 보이지 않고 혼자였다. 한나는 스케치 노트를 재빨리 덮었다.

"다음 달부턴 점심 신청해서 나랑 먹을래? 내가 호위해줄게. 껄! 껄! 껄! 아, 사진 가져왔어?"

한나는 가방에서 사진을 꺼내 여름에게 내밀었다.

"우왕! 나랑 같은 옷이다. 완전 공주님이다."

한나의 귀가 빨개졌다.

"너무 예뻐."

한나의 얼굴까지 뜨거워졌다. 한나는 고개를 푹 숙였다.

"아! 맞다. 네 것일 것 같아서. 구석에 떨어져 있더라."

여름이 지갑에서 뭔가를 꺼내 한나에게 건넸다. 그건 네잎클로버를 코팅한 책갈피였다. 집 근처 도서관 뜰에서 찾은 네잎클로버를 엄마가 코팅한 거였다. 고양이를 본 날 밤 거기에 떨어뜨린 것 같았다.

"그런데 거기, 이름 앞에 물음표가 있는 이유가 뭐야?"

한나는 늘 자기 이름이 자기주장이라고는 없는 느낌이었다. 허접한 나, 지루한 나, 있으나 마나한 나, 한심한 나처럼 아무 말이나 갖다 붙여도 어색함이 없이 찰떡이다.

"내가 추측해봤어. 장한 나, 이건 네 이름이니까. 대단한 나, 참한 나, 진정한 나, 솔직한 나."

한나는 여름을 한 번 보고는 아무런 말없이 책갈피를 받아들어 스케치 노트에 끼웠다. 그날 밤 봤던 임신한 고양이 그림이 그려진 페이지였다.

"어! 루팡이다. 너도 루팡이 임신했었다고 생각한 모양이구나?"

한나가 고개를 끄덕거렸다.

"다들 그렇게 생각해. 길고양이가 살쪘다거나 임신했다고 오해하지. 그런데 그거 부은 거야. 신장이 안 좋아서. 사람들 음식이 짜고 달고 자극적이잖아."

처음 안 사실이었다. 한나의 눈이 놀라서 커졌다.

"놀랐어? 그날 네가 준 육포는 내가 치웠어. 그러니 걱정

마."

여름은 한나의 마음을 죄다 아는 것처럼 말했다. 한나는 아무런 말없이 고개만 끄덕거릴 뿐이었다.

"루팡 그림 더 있어? 루팡이 왜 루팡인 줄 알아? 처음 본 순간 내 마음을 빼앗았거든. 내가 좀 봐도 되는 거지?"

한나는 자기도 모르게 스케치 노트에 자물쇠처럼 올려두었던 깍지 낀 손을 풀고 있었다. 여름은 그러는 한나의 행동을 봐도 된다는 의미로 받아들이고는 스케치 노트를 들어올렸다. 스케치 노트 사이에 끼워져 있던 종이들이 떨어져 내렸다. 생각지 못한 상황에 당황한 여름은 잠깐 멈칫했지만 엎드려 흩어진 메모지들을 줍기 시작했다. 그러면서도 스케치 노트에서 눈을 떼지 않고 있었다.

"돌려줘"

한나는 고개를 숙인 채, 입도 거의 움직거리지 않고 말했다.

라푼젤 공주 옷과 티아라를 쓴 한나를 그린 그림이 나왔다. 사진에서는 행복해 보였던 한나가 그림에서는 너무 슬퍼 보였다. 당황스러워 재빨리 페이지를 넘겼다.

"돌려줘!"

여름이 그려진 페이지였다. 이번에도 여름은 한나의 말을 듣지 못했다.

"나야? 정말 날 그려준 거야? 정말 기분 좋다. 네가 나를 생각하고 있었다는 거잖아. 이 그림 완전 마음에 들어."

"그만 돌려줘"

한나는 말을 할 때 가늘게 떨리는 자기 목소리가 소름이 끼칠 정도로 싫어 입술을 질끈 깨물었다.

"네 목소리 이런 거였구나."

여름이 살짝 웃었다. 비웃는 것 같았다. 한나가 여름의 손에 있는 스케치 노트를 확 잡아챘을 때 갑자기 여름이 비명을 지르며 코를 감쌌다. 책상 위에 있던 목탄 케이스 뚜껑이 열려 목탄들이 여기저기로 튕겨져 나갔다. 그때 아이들이 쏟아져 들어왔다. 여름을 찾던 무리들이 눈앞에 벌어져 있는 상황에 만들어내는 소리는 전기주전자 물 끓는 소리 같았다.

중 2가 거의 끝나갈 무렵이었다.

"정말 미쳐! 알아듣게 말할 거 아니면 닥쳐줄래?"

"그, 그, 그, 그게 무슨 말이야?"

당황한 한나는 말을 더듬으며 물었다.

"네 목소리 사람 미치게 한단 말이야. 벌레 기어 다니는 것처럼 스멀거려 소름 끼친다고."

한나가 한때 가장 친하다고 생각한 아이였다. 좋아하는 남자애가 한나에게 고백한 뒤 완전히 등을 돌리긴 했지만.

"그, 그, 그것, 무슨 말, 내 목소리, 아니 마, 마….'

"이제 더듬기까지 하네. 진짜 너 사람 미치게 한다."

한나는 움직일수록 더 빨리 빠져드는 늪 속에 던져진 기분이 들었다.

"우끼끼! 어버버버! 우끼끼!"

한나에게 고백하고 까인 남자애였다. 그 아이가 어버버 소리를 내며 원숭이 흉내를 냈다. 아무리 마상이 중상이라 해도 이렇게 졸렬한 남자애인줄은 몰랐다. 까기를 잘했다는 생각도 잠시였다.

"장한나, 어버버 원숭이인 거 뇌피셜? 노노 오피셜!"

같은 생각을 가진 아이들 웃음이 터졌다.

한나는 "남자는 왠지 불편해"가 짝사랑을 빼앗긴 절친을 위로해줄 말이라고 생각했다. 하지만 그건 "한나는 남자를 싫어해"로 바뀌더니 마침내 "장한나는 레즈일지도"로 변해 있었다. 그날 이후 한나는 아이들 앞에서 입을 닫고 지냈다. 자기 안에서 어떤 소리도 빠져나가지 않게. 그러다 마침내 "장한나는 냄새나는 레즈 년이다"로 바뀌기 전 전학을 오게 된 것이다.

"그만들 둬, 난 괜찮아. 봐! 아무렇지 않잖아. 껄! 껄! 껄!"

여름은 소리까지 내며 웃었다. 소리만 들었을 땐 여름은 정

말 괜찮아 보였다. 여름의 웃음소리가 사라지기도 전에 누군
가가 놀라 외치는 소리가 들렸다. "…피, 피, 피 나!"

한나는 숙였던 고개를 들었다.

여름의 코에서는 끈적하고 검붉은 덩어리 피가 뭉텅뭉텅
빠져나오고 있었다. 무리들은 아까보다 한층 더 요란스러워
졌다.

"너 강전 당했다는 소문이 사실이었구나?"

"레알? 레알?"

"오오! 갈비(갈수록 비호감), 갈비."

"놔둬! 내가 잘못한 일이야. 내가 싫다는데도 무시한 거
야."

"양털 불러?"

"그만 둬. 겨우 코피 정도인걸. 나 아무렇지 않아. 다들 한
나에게 더 이상 뭐라 하지 말아줘! 플리즈."

여름은 화장지로 코를 막고 고개를 숙인 채로 말하고 있었
다.

"너 레알 여블래스유다. 여름이 때문에 산 줄 알아"

아이들 서너 명이 괜찮다는 여름을 부축하고 양호실로 향
했다.

"아휴! 괜찮다니까. 껄! 껄! 껄!"

한나는 다리가 꺾여 의자에 주저앉았다.

"여름이 웃으니까 괜찮아 보이지? 쟤는 뼈가 부러져도 웃거든."

희주가 한나를 노려보며 말을 꼭꼭 씹어 하더니 양호실로 향한 무리에게 뛰어갔다.

한나의 턱도, 주먹 쥔 손도, 다리도 떨렸다. 나중에는 머릿속까지 흔들렸다.

수업이 끝났다. 청소함 옆에 무리들이 모여 있었다. 여름은 조퇴를 해서 보이지 않았다.

"코가 주저앉았다던대."

"코뼈가 완전 바스라졌다고 하지 않았나?"

"학폭위 감이지."

무리들 앞을 지나올 때 한나 들으란 듯 아이들은 큰 소리로 떠들었다.

"졸라 뻔뻔하네. 내가 손 좀 봐줘?"

수진이 빙글거리며 말했다.

"여름이 부탁하고 갔어. 장한나 내버려두라고."

희주가 수진을 말렸다. 무리는 줄에 묶여 으르렁대는 성질 사나운 강아지들 같았다. 한나는 되도록 천천히 걸었다. 미친 개는 뛰는 놈을 문다. 복도가 갑자기 컨베이어 벨트라도 되어 버린 건지 한참을 걸었어도 현관은 아직도 멀리 있었다. 거기서 내려설 기회를 놓치면 그대로 끝인 것 같아 한나는 주먹을 꾹 쥐고, 달리기 출발을 하듯 종아리에 단단하게 힘을 주었다. 현관에 섰을 때는 현기증이 일었다. 신발을 현관 바닥에 던지듯 내려놓으며, 한나 역시 몸이 빠져나간 옷처럼 스르르 무너지듯 주저앉았다.

"장한 나!"

양털이었다. 익숙한 느낌. 여름이 한나의 이름을 부를 때처럼 양털도 그렇게 부르고 있었다.

"너 괜찮아? 여름이랑 통화했는데, 네 안부를 묻더라. 너 많이 놀랐을 거라고 좀 다독여주라고 말이야. 아, 그리고 자기는 아무렇지 않다고 걱정하지 말라고 전해달라더라 꼭 나한테 직접. 학생이 선생한테 일해라절해라 시키기나 하고 말이야. 흥! 흥!"

양털 웃음소리에 한나는 긴장이 한순간에 탁 풀렸다. 고개를 끄덕였다.

"여름이한테 전화해볼래? 전화번호 보낸다. 너 톡 안 하지? 메시지로 보낼게. 내일 보자."

돌아서는 양털의 긴 생머리가 잠깐 찰랑거리더니 휙 돌아섰다.

"아! 너 그림 잘 그리더라. 그런데 털은 말이야. 니들 말대로 현타 오던데. 마음에 들어 톡 프사로 해뒀다."

56

양털이 휴대폰을 흔들어 보이고는 뒤돌아서 걸어갔다. 한나는 무슨 말인지 생각하다 퍼즐지 뒷면에 그렸던 그림을 떠올렸다. 양털의 걸음은 뒤에서 누가 쫓는 것처럼 빨라 벌써 보이지 않게 되었다.

여름의 전화번호를 입력했다. 양털의 메시지에서 한 번 봤을 뿐인데도 번호가 기억나는 것이 이상했다. 한나의 머릿속에서 숫자는 곧잘 뒤죽박죽되었기 때문이었다. 이름에 족장이라고 썼다. 첫날 봤을 때 오 여름의 무리는 원시 모계 사회를 완벽하게 재현하고 있는 모습이었고 그 중심에 있는 오 여름은 족장쯤으로 보였기 때문이었다. 통화 버튼 누르기를 몇번이나 망설이다 통화보다는 메시지가 나을 것 같아 메시지를 작성했다. '괜찮니, 미안해'라는 문장을 앞, 뒤를 바꾸고 어미를 바꿔 '괜찮아? 미안'이라고만 쓰고 지우기를 몇 번이나 반복하고 있었다. 한나는 휴대폰 화면에 써진 글자는 타인이 쓴 것처럼 왠지 서먹하고 멀게 느껴진다는 생각을 했다. 연필과 종이에서 느껴지는 자기만의 언어라는 느낌이 없었다. 열어뒀던 창문으로 바람이 들어왔다. 피부에 닿는 느낌이 선선했다. 불도 켜지 않은 방은 어둑했다. 한나는 숨을 길게 내쉬었다. 그때 휴대폰 진동이 울렸다. 화면에 '족장'이라고 떴다. 진동이 오래도록 계속된 뒤 바로 메시지가 날아왔다.

나는 괜찮아. 코피 좀 난 걸 가지고 애들이 오버한 거야. 네 얼굴이 핏기 하나 없이 창백해지는 것을 봤어. 네가 쓰러지면 어쩌나 걱정이 됐어. 너 많이 놀랐지? 내가 뭔가 하나에 꽂히면 아무런 말도 못 들어. 네가 달라고 할 때 줬어야 하는데. 정말 미안해. 내일 학교에서 보자.

그렇게 많은 코피를 흘리는 사람은 처음 봤다. 족장의 코에서는 끈적하고 검붉은 덩어리 피가 멈추지 않았다. 저러다 몸 속 피가 다 빠져나오는 것은 아닌지, 그러다 죽는 건 아닌지, 겁이나 미칠 것 같았다. 여름이 죽을까 봐.

보고 싶다

한나는 자기도 모르게 쓴 글자를 누가 보기라도 할 것처럼 재빨리 손으로 문질렀다. 글자들이 번지듯 뭉개졌지만, 자국은 새긴 듯 또렷했다.

보고 싶다 보고 싶다
보고 싶다 보고 싶다 보고 싶다 보고 싶어 보고 싶어 여름

한나가 끝내 쓰고만 이름, 여름을 처음 본 순간부터 이렇게

58

될 줄 알고 있었을지도 모르겠다는 생각이 들었다.

　다음 날 등교 했을 때, 한나 책상 위에 화방 종이 가방이 놓여 있었다. 주변을 둘러봤다. 오 여름과 눈이 마주쳤다. 오 여름 코에 흰색 반창고가 붙여져 있고 눈은 부어 있었다. 오 여름이 입말을 했다.

　'선물!'

　종이 가방은 여름이 가져다 놓은 것이었다. 종이 가방 안에는 스케치 펜슬 세트와 기린이 그려진 편지 봉투가 들어 있었다. 봉투를 열었다. 낙엽과 기린이 그려진 편지지에 2B연필로 써진 글씨. 교복 주머니에 있던 메모지에서 봤던 글씨체였다. 얼굴이 뜨거워져 손으로 감쌌다. 이번에는 심장 뛰는 소리가 너무 크게 쿵쿵댔다.

　오랜만에 연필로 글을 써봐. 종이 냄새도 연필 냄새도 좋아. 글자마다 연필이 만들어내는 소리가 다 다르다는 것이 놀라웠어. 병원 옆에 화방이 있더라. 네가 사용하는 목탄 연필은 다 팔리고 없었어. 내 거 사면서 네 것도 샀어.

　네 그림 속 나는 달라 보이더라. 사진에서는 보이지 않는 그때의 내 마음, 음 기분 같은 것이 보이는 것 같았어. 너를 발견한 내 마음도 볼 수 있었지. 너에게 나를 들킨 것 같은 느낌이었어. 그래서 당황했을 거야. 그래서 네 말을 못 들었던 거지. 고의는 아니었어.

안녕!

안녕!

굵기가 다른 연필을 번갈아 써보고 있는데 달라. 소리도 다르고 느낌도 달라. b는 부드럽고 따뜻하고 여유 있어 보이고 h는 에누리 없이 딱 떨어지고 각 잡히고 정직한 느낌이야. 이렇게 다 다른데 전에는 왜 몰랐지.

여름이 끝나가고 있었지만 한나는 왠지 모르게 여름의 한 가운데 있는 것 같았다.

여름, 나무가 있는 풍경

집 앞 편의점에는 찾는 물건이 떨어지고 없었다. 한나는 잠깐 고민하다 아파트에서 조금 떨어져 있는 원룸이 밀집해있는 곳으로 향했다. 여름이 길냥이 밥을 놔두는 곳을 지나칠 땐 천천히 주변을 두리번거리며 걸었다. 여름을 볼 수 있을 거라는 기대를 했지만, 여름도 고양이도 보이지 않았다.

'도대체 뭘 기대한 거지 나?'

비슷비슷한 빌라 건물 몇 개를 지나치자 불이 환하게 밝은 편의점이 보였다. 반가운 마음에 걸음을 빨리하다 보도블록에 걸려 넘어질 뻔했다. 대충 꿰차고 나온 슬리퍼는 아빠 슬리퍼인 척하는 큰 슬리퍼였다. 엄마는 집에 남자가 있는 것처럼 보여야 한다며 남자용 슬리퍼를 사왔다. 엄마는 늙어 있었다. 언젠가 읽었던 글이 생각났다. 사람은 꿈이 후회로 바뀔 때 늙는다고 하던.

"냐아옹! 냐아옹!" 앞쪽에서 나는 소리였다. 고양이가 아닌 사람이 내는 소리는 한나가 앞으로 걸어갈수록 점점 가까워졌다. 그리고 얼마 지나지 않아 빌라와 빌라 사이 골목에서 앉은걸음으로 뒷걸음질치고 있는 사람을 볼 수 있었다. 냐아옹 소리는 그 사람이 내고 있었다. 그 사람은 참치 캔을 바닥에 내려놓고 일어섰다. 다리의 털, 커다란 검정색 에코백. 뒷모습만으로도 양털인 걸 알 수 있었다. 한나는 재빨리 그곳을 떠났다.

소영이 골목에서 나왔을 때 앞에서 고개를 숙이고 재빨리 걸어가는 아이를 보았다. 초등학생이라고 생각했는데 어깨에서 사선으로 내려오는 흰색 슬링 백이 눈에 익었다. 한나 같았다. 작은 키와 작은 체구, 고개를 숙인 의기소침한 모습, 그런 모습들이 한나를 더 작고 여리게 만드는 것 같았다.

한나가 편의점 문을 열었을 때 종이 울렸다. 이곳 종소리는 다른 편의점 종소리와는 달랐다. 두꺼운 그릇들이 부딪쳐 나는 소리처럼 둔탁하고 짧았다. 도자기로 만들어진 종이었다. 조잡해 보이는 것이 유치원 때 만들었던 종이 생각났다. 종소리가 탁 하고 짧게 끊기는 이유도 알 것 같았다. 종은 두께가 두껍기도 했고 방울 역할을 하는 물고기는 너무 컸다. 일찍 할 일을 끝낸 물고기 모양 방울은 빙글빙글 같은 자리를 조용하게 맴돌고 있었다.

계산대에는 아무도 없었다. 처음 가는 곳이어서 한나는 생리대가 어디에 있는지 알 수 없었다. 한나가 생리대를 찾고 있는데, 안쪽 창고 문이 열렸다. 민소매 차림의 여름이었다. 여름은 꽤나 무거워 보이는 아령을 들고 나왔다. 창고 문을 닫자 문에 붙은 거울이 보였다. 여름은 거울을 보며 아령을 들어 올리고 있었다. 여름이 아령을 들어 올릴 때 팔근육이 부풀어 올랐고 맺혀 있던 땀이 겨드랑이 안쪽으로 흘러내렸다. 한나는 얼굴이 뜨거워지는 것을 알았다. 고개를 푹 숙이고 말았다. 그때까지도 여름은 한나가 거기에 있는지 알아차리지 못하고 있었다. 가슴이 빨리 뛰는 것은 무게를 올린 아령 때문이라 생각하고 말았다. 그러다 거울 귀퉁이에 비친 한나를 발견했다.

"어! 장한 나다."

여름이 놀라 뒤돌아서며 외쳤다.

"아! 진짜 장한 나다."

여름이 아령을 양손으로 번갈아 들어 올리며 한나 쪽으로 걸어왔다.

"여긴 웬일이야? 여긴 리치 아파트에서 멀지 않아?"

한나는 여름이 자기가 사는 아파트를 알고 있어서 놀랐다.

"전에 네가 리치 아파트에서 나오는 걸 봤거든. 찾는 게 뭐야? 나한테 말하면 금방 찾을 수 있을 텐데."

한나는 여름을 피하듯 다른 라인으로 갔다. 여름은 한나를 따라 다니며 아령을 번갈아 들어 올리고 있었다.

"특별히 찾는 게 없나? 급하지도 않은 물건을 사러 여기까지 왔다는 거야? 설마 나 보러 왔어?"

여름 말에 한나는 뺨이 뜨거워지는 것을 알았다. 둔탁한 종소리와 동시에 편의점 문이 열렸다. 남자 손님이었다. 여름이 재빨리 계산대로 뛰어갔다.

"만사천 원이요."

여름의 말에 남자가 카드를 내밀었다. 여름은 남자가 내민 카드를 카드기에 긋더니 한도 초과라고 말했다. 남자는 이상하다는 듯 머리를 갸웃거리더니 그냥 나가려했다. 여름이 말했다.

"급하신 물건도 있는 것 같은데, 이거 가져셔도 돼요. 저는 쓸모가 없어서요."

여름이 주머니에서 낱개 포장된 콘돔을 꺼내 내밀었다.

남자는 한나를 쳐다보더니 여름의 손바닥 위 물건을 낚아채듯 챙겨 황급히 밖으로 나가버렸다.

"가끔 나에게 저걸 쥐어주는 아줌마들이 있어. 감사한 일이지만 나에게는 쓸모가 없잖아. 너 찾는 물건 뭐야? 내가 찾아줄게."

한나는 그냥 고개를 가로 저었다.

"바쁘지 않음 좀 기다려줄래? 곧 교대 시간이거든."

한나가 고개를 끄덕거렸다.

"정말이지. 약속했다."

그때 누군가 문을 열고 들어왔다. 전체적으로 둥글다는 느낌이 드는 아저씨였다.

"왔어? 나 어때?" 여름이 근육을 한껏 부풀려 아저씨에게 보이며 물었다.

"아령은 그만 좀 해라. 남자들은 덩치 큰 여자 안 좋아해."

"그럼 여자 좋아하면 되지."

"떽! 그런 말이 어딨어."

"여깄지."

"오여름! 계속 까불어."

"아, 알았슴돠 아버님!"

아저씨는 여름의 아빠였다. 한나에게는 굉장히 낯선 부녀지간의 대화였다.

"내 베프 장한 나. 전학 왔어."

"그래. 장한 나야! 반갑다. 늦었으니 어서 들어가."

여름이 조끼를 벗어 아빠에게 내밀며 말했다.

"오만기 씨! 임신 8개월, 금방 출산하시것어."

"그럼 네 동생은 팔삭둥이것네."

"아휴! 못 말려. 나 진짜 가!"

문을 열자 둔탁한 종소리가 울렸다.

"아빠 이거 좀 바꿔. 창고에서는 소리 안 들려."

"우리 공주 첫 선물인데. 잘 보관했다 너 시집가면 네 딸한테 줄 거야."

"그럼 영원히 아빠가 보관해야겠네."

"오여름! 너 정말." 여름 아빠가 소리를 꽥 질렀다.

"아버님! 고정하시죠. 꺼꺼껄! 껄! 껄!"

여름과 한나는 편의점을 나왔다.

"앗! 쌤."

편의점 앞에서 양털을 발견한 여름이 외쳤다.

"어? 여름이랑 한나네. 둘이 많이 친해졌나 보다. 어서 가 봐."

"넵! 쌤."

소영은 여름과 한나를 보면 여지없이 옛날의 자신과 친구 선이가 떠올랐다.

15년 전 전인대 박물관에서 하는 성터 발굴이 한창이던 때였다. 소영은 사학과 4학년, 선이는 고고학과 4학년 학부생이었다. 발굴에 참여한 또래는 둘뿐이었다. 많은 학생들이 막노동과 비슷한 발굴장을 기피하기도 했고 취준 생활과 병행하기에는 시간이 허락하지 않았기 때문이었다.

둘은 정반대의 성격이었지만 잘 통했다. 선배들은 둘을 보며 장난스레 말했다. "그러다 정분 날라!" "둘 사귀니?" 소영은 그냥 웃고 있었고 선이는 얼굴이 익은 고추처럼 변해 고개를 푹 숙이고 있을 뿐, 선배들 말에 발끈 한 건 소영도 선이도 아니었다. 복학해서 4학년인 원하였다.

"아무리 장난이라도 너무 심한 말 아닌가요? 여자랑 여자가 사귄다는 말이요."

소영과 선이는 새벽마다 달리기를 했었다. 소영은 대충 뛰는 편이었고 선이는 마라톤 대회를 즐기는 사람답게 페이스 조절을 하는 편이었다. 소영은 초등학교 운동장을 열 바퀴째 뛰고 있었지만 선이는 조금도 흔들리지 않고 처음과 같은 속도와 보폭으로 열세 바퀴째 뛰고 있었다. 페이스 조절에 실패

한 소영은 축구 골대 앞에서 주저앉아 있다 소리쳤다.

"안 가? 고선이!" 선이는 대답 대신에 손가락 두 개를 펴보였다. 두 바퀴를 더 돌겠다는 말이었다.

"독해! 나 먼저 가." 소영이 외치자 선이가 손을 흔들었다.

돌아오는 길목에 원하가 기다리고 있었다. 문제의 그 토기를 들고서.

"내 마음이야. 내 마음을 받아준다면 밤 10시, 독서하는 소녀상 앞으로 나와줘."

눈을 감고 단숨에 말을 끝낸 원하는 왔던 길로 뛰어가버렸다.

작은 쌀독 크기의 토기에는 분홍 리본이 묶여 있었다. '나는 선물이야' 하고 말하고 있는 것 같은 모습이었다.

"귀엽네." 소영은 토기를 보고 말했다.

"그거 뭐야?" 달리기를 끝마친 선이가 소영과 토기를 번갈아보며 물었다.

"원하 형 마음이래. 받았다간 깔려 죽겠어. 엄청 무거워."

소영이 뱉은 장난 같은 말에 선이의 얼굴빛이 굳었다.

"사람의 감정이 너에겐 장난인가 보구나. 장난으로 고백하는 사람도 있을까? …내가 들게."

선이는 뭔가를 더 말하려다 그만두고 토기를 안고 앞 서 걸어갔다. 토기 무게 때문인지 아님 점점 멀어지는 거리 때문이었는지 선이의 뒷모습은 달리기할 때의 꼿꼿하고 단단한 모습과는 다르게 휘청대고 있는 것 같았다.

"같이 들어. 그리고 장난이라 생각하지 않아."

선이가 소영을 빤히 쳐다봤다. 선이는 울고 있었다.

"억울해! 정말 억울해! 나는 말도 못해보고. 나는 말도 못하는데."

선이는 억울하다며 퍽퍽 울고 있었지만 눈물을 훔칠 생각도 멈출 생각도 없이 앞으로 걸어가기만 했다.

"너 원하 형 좋아하는 거야? 그럼 네가 원하 형이랑 사겨. 나는 상관없으니까."

선이가 울음을 뚝 그치고 어이없다는 표정을 짓더니 조용하게 말했다.

"넌 진짜 아무것도 모르는구나."

선이가 지나간 길은 소영 앞에서 무너져 내리는 것 같았다. 선이와는 이제 앞으로는 점점 멀어지기만 할 뿐 가까워질 수는 없겠구나 생각한 소영은 그때 처음으로 자기는 뜨거운 마음이 흘러온다고 해도 좀체 섞일 수 없는 심장을 가졌다는 걸 알았다.

"처음이야."

여름의 눈이 커졌다. 한나가 자기에게 말을 하고 있다는 사실이 믿기지 않았다.

"우와! 장한나가 말했다. 만세! 장한나가 나한테 말을 한다."

여름이 외치는 소리에 지나가던 사람들이 이상하게 쳐다봤다. 한나는 고개를 푹 숙이고 걸음을 빨리했다.

"그런데 뭐가 처음이란 말이야?" 뒤따라 온 여름이 물었다.

"친구 같은…."

한나는 여전히 아빠라는 단어를 말하고 싶은 마음이 들지 않았다. 한나에게 아빠란 친할머니의 복붙이었으니까.

"나는 축구도 농구도, 주짓수도 자건거 국토 종주도 아빠랑 했는걸."

"아빠는 그런 일도 하는 사람이구나." 한나가 고개를 끄덕거리며 조그맣게 말했다.

"그럼. 아빠랑 아니면 누구랑 하는 거야?" 여름이 고개를 갸우뚱하며 한나에게 물었다.

"그런가, 그런데… 이 길… 아닌 것 같은데."

한나는 한 번도 본 적 없는 풍경과 비포장 길에 어리둥절했다. 여름과 이야기 하느라 길이 다르다는 것도 알아차리지 못했다는 사실은 당황스러웠다.

"맞아. 리치 아파트 가는 길. 나 여기 15년 토박이야. 골목골목 모르는 곳이. 앗! 물 튀겠다."

여름이 재빨리 한나를 뒤에서 감싸 안았다. 한나는 완벽하게 안전한 공간은 이런 곳이 아닐까 생각했다. 여름만의 온도, 냄새, 소리가 있는. 둘뿐인 세상, 둘만이 위로이고 둘만이 존재하는 유일한 이유인 것처럼 느껴졌다. 심장 뛰는 소리에 귀가 먹먹하다고 느낄 때 어젯밤 비로 생긴 물웅덩이를 자동차가 밟고 지나갔다. 여름의 흰색 면 티와 머리칼에 흙탕물이 잔뜩 튀었다. 여름이 아무렇지 않게 옷과 머리를 털더니 말했다.

"여긴 뒷길이야. 내 나무가 있어. 너한테 소개시켜주고 싶어서. 너 모르지? 여기 아파트 단지 생기기 전에 말이야. 개울도 있었고 논도 있었어. 밤에는 맹꽁이 소리도 들을 수 있었는데. 맹꽁이 우는 소리 알아? 진짜 맹꽁! 맹꽁! 그렇게 운다."

한나가 믿을 수 없다는 표정으로 여름을 쳐다봤다.

"진짜야! 그런데 그거 한 마리가 우는 것이 아니라 '맹'이라고 우는 수컷이 있음 '꽁'이라고 우는 수컷이 있어서 그렇대. 암컷에게 구애하는 자신만의 특화된 울음소리래. 저기 내 나무."

나무는 아파트 담벼락에 바싹 달라붙어 있었다. 옆에는 전봇대도 있었고 가로등이 환하게 빛나고 있었다. 잘려나갔다고 해도 이상하지 않을 위치였지만 잘라내지 못할 만큼 가치

70

가 있어 대접받는 나무도 아닌 것 같았다. 나무는 적당히 위로 솟다 수평으로 퍼지며 많은 가지들을 내밀고 있었다. 여름의 나무는 고개를 뒤로 한껏 젖혀도 끝이 보이지 않는 나무처럼 높지 않아 두려운 기분이 들지 않아 좋았다. 가지들에는 나뭇잎들이 빽빽하게 들어차 초록색 천을 펼쳐놓은 것 같은 모습이었다. 바람이 불자 나뭇잎들이 일제히 흔들렸다. 얇고 가벼운 천이 천천히 허공에서 내려앉는 듯, 진초록 물결들이 조용하고도 느린 속도로 포개어져 여름 안으로 흘러갔다.

밤공기 속에서 목탄이 종이에 입혀지는 소리가 귓속으로 부드럽게 흘러들어왔다. 여름은 그리기에 몰두하고 있는 한나를 유심히 바라봤다. 한나는 그림을 그리다가 가끔 앞으로 쏠린 머리를 몇 번인가 귀 뒤로 넘겼다. 조금 뒤엔 긴 머리를 하나로 말아 쥐고 연필을 비녀처럼 꽂아 고정시켰다. 한나의 목이 시원스레 드러났다. 여름은 무심코 손을 뻗다, 갑자기 한나가 고개를 돌리는 바람에 놀라서 악수를 청하듯 앞으로 내밀어진 나뭇가지를 잡았다 놓았다. 초록색 잎들이 흔들렸다. 그 모습은 잡혔다 풀려난 새가 푸르푸르르 소리를 내며 깃을 치고 날아오르는 것 같았다.

"아마도 여기가 마을 입구였나 봐?"

"어떻게 알았어? 여기가 원래 이 동네 시작점이었지, 내 나무 이름도 있는데."

"혹시 루팡?"

"어떻게 알았어?" 여름이 놀라서 물었다.

"어떻게 모르기도 힘들겠다." 한나가 작게 웃으며 중얼거렸다.

"지금 웃은 거 맞지? 장한 나 목소리도 제대로 듣고 웃는 것도 보고. 항상 널 보면 안면수심이었는데."

한나는 어이가 없어서 여름을 봤다. 여름은 뭐가 잘못되었는지 진짜로 모르는 모양이었다.

"안면수심?"

작은 목소리로 되묻고는 한나는 알 수 없는 표정을 지었다.

"얼굴에 수심이 가득하다고."

"아! 내가 좀 안면수심이긴 하지 흐흐흡!"

여름은 한나가 웃음을 참고 있다는 걸 알았다.

"뭐가 잘못된 건가?"

여름이 고개를 갸웃거릴 때 멀지 않은 곳에서 누군가에게 화를 내고 있는 남자 목소리가 들려왔다.

"아이 씨발! 내 폰 왜 보고 지랄인데!"

어느새 가까워진 욕하는 소리에 여름이 한나의 손을 잡았다. 한나는 여름이 손을 잡자 당황했지만 여름의 손을 놓지는 않았다.

"아이 씨팔! 너만 욕할 줄 아냐? 떳떳하면 보여주라고!"

"이러다 맞으면 니만 손해야! 알아들어?"

"씨팔 바람 핀 놈이 때리기까지 하려고?"

여자가 남자에게 자기 머리를 들이밀며 소리쳤다.

"아니라고! 아니라고! 이 미친년아! 아니라고 몇 번을 말해. 엉, 이렇게 맞아야 정신 차리지."

남자가 여자 머리를 밀치며 말했다.

"톡 까라고."

"에이 씨발!"

여름이 여자를 치려는 남자의 팔목을 잡아 비틀었다.

"아아아! 에이 씨팔 뭐냐?"

남자 아이 말에 여자가 고개를 돌렸다. 수진이었다.

"지수진 괜찮아?"

"에이 씨팔 놔, 놓으라고. 아아아! 씨팔!"

여름은 남자 아이가 욕을 할 때마다 팔을 더 단단하게 비틀었다.

"에이 씨! 너 아는 놈이야 아, 이 새끼랑 뭔가 있나 보네. 니가 쫄려서 나한테 지랄한 거지?"

"졸라 어이없네. 병신! 놈 아니고 년이거든."

"두 년이라고? 존나 재밌네. 손잡고 데이트라도 했냐?"

한나가 얼른 여름의 손을 놨다. 그것을 본 수진이 물었다.

"너희 둘 뭐냐?"

"졸라 눈치 없네. 뭐긴 딱 보면 레즈년들 각이구만."

남자가 말했다.

"이미 눈치 까고 있었거든."

욕 배틀을 하던 수진과 남자는 어느새 한 팀이 되어 있었다.

"너 조심해라. 한 번만 더 지수진 때리는 거 내 눈에 띄면 가만 안 둔다. 지수진 헛소리 하는 걸 보니 괜찮은가 보다. 우리 간다."

뒤에서 수진과 남자아이가 욕을 해댔다.

"저런 게 인면수심이지. 저 남자애 지수진 때렸잖아. 인간의 얼굴에 짐승의 마음 아니겠니?"

한나가 작게 말하고는 여름을 빤히 쳐다봤다. 여름의 얼굴이 빨갛게 변했다.

"역지사지, 양털 쌤이 자기 담당이라고 하셨는데."

한나가 말했다.

"아, 역사 동아리. 역사를 알면 사람을 안다고 이름이 그래. 들어올래?"

여름이 여전히 빨간 얼굴로 말했다.

"생각해볼게."

"벌써 다 와버렸다. 생각보다 가깝네. 들어갈 거야? 조금만 더 같이 있다 갈래?"

"그네 탈까? 이 시간엔 아무도 없을 거야."

한나 말대로 놀이터엔 아무도 없었다.

한나는 두 다리를 수평으로 들어 올리고 고개를 뒤로 젖혔다. 여름도 한나를 따라 두 다리를 수평으로 들어 올리고 고개를 뒤로 젖혔다.

"이렇게 하면 기분이 이상해."

한나가 말했다.

"좋아? 나빠?"

여름이 말했다.

"'좋아, 나빠'로만 말하라면 할 수 없어."

"어, 그래? 그래도 웬만하면 '좋아, 나빠'로 갈리지 않아? 발바닥은 근질근질하고 머리는 공중에 붕 뜬 것 같아. 사진 찍을래?"

"싫어."

한나가 고개를 돌리며 말했다.

"여기 좀 봐줘. 응, 나 좀 봐줘, 응, 한 번만."

"난 사진 찍히는 거 싫어해."

"왜?"

"그냥 싫어."

한나는 이렇게 말하고는 머리를 뒤로 젖혔다. 한나의 긴 생머리가 바닥에 닿았다.

"가짜 같아서?"

여름은 한나의 사진을 생각했다. 사진 속 한나는 세상에서 가장 행복한 아이처럼 보였지만 한나 그림에서는 세상에서 가장 슬픈 아이로 보였으니까.

한나가 놀라서 몸을 일으키다 여름 얼굴과 거의 부딪칠 뻔했다.

"전에는 몰랐는데, 사진 속에는 없더라. 네 그림 속에 있는 게."

한나는 여름의 말을 생각하며 다시 몸을 뒤로 젖혔다. 한나의 긴 생머리가 바닥에 닿았다. 여름도 몸을 뒤로 젖혔다.

"나는 그때 이후로 머리를 길러본 적이 없어. 그 사진 말이야… 아니다."

"그런데 왜 울었던 거야?"

"언제?"

"그 사진."

"아! 공주 옷 입기 싫었으니까. 그 머리 내가 그렇게 한 거야. 너무 엉망이라 아빠가 이발기로 박박 밀어줬어. …그때 알았어. 다시는 공주 옷 같은 건 입지 않을 것도, 머리도 기르지 않을 것도… 내가 어떤 사람을 좋아하게 될지도."

한나는 여름의 이야기를 들으며 생각했다. 어떤 사람은 일찍부터 자기에 대해서 생각하고 알게 되는구나. 한나는 머리를 뒤로 더 젖혀 최대한 아래로 떨어뜨렸다. 이렇게 하면 마음에 쌓인 좋지 못한 온갖 감정들이 왈칵 뒤집혀 비워지는 기분이 들었다는 것을 깨달았다.

"좋아."

여름이 놀라 상체를 일으켜 세우며 한나에게 물었다. 여름의 목소리는 떨리고 있었다.

"뭐가? 뭐가 좋다는 말이야?"

"기분. 이렇게 하고 있으면 좋은 것 같다고." 한나는 너랑 있어서라는 말을 하지 않았다.

"아, 그거." 한나의 대답을 들은 여름은 실망감을 감추지 못했다.

파랑입니다만

이제 한나는 여름의 존재를 보고 듣기 전에 알아챈다. 그것은 한나에게만 반응하는 여름의 향과 온도가 있기 때문이다. 여름이 성큼 걸어 한나 앞에 섰다.

"손 줘봐." 여름이 한나 손에 올려놓은 건 액체 괴물 슬라임이었다.

"내가 무공해 재료로 만들었어."

"고마워!" 한나가 작게 말했다.

"뭐야? 뭐야?" 희주였다.

"아, 별 거 아니야."

"아, 그러니까. 그 별거 아닌 것이 뭐냐고?"

"슬라임이 떨어져 있어서 주워준 것뿐이야."

"오여름, 장한나 그날 좋아 보이더라." 수진이 팔짱을 낀 채 어깨를 으쓱거리며 말했다.

"그날이라니?" 희주가 수진에게 물었다.

"장한나한테 물어봐."

"장한나 말 안 하잖아?"

"그래? 여름아! 장한나 너한테도 말 졸라 안 해?"

"목소리 크고 에너지 넘치는 네 남친은 잘 지내니?"

여름 말에 수진이 얼굴이 벌개진 채 숨을 거칠게 몰아쉬더니 자기 자리로 가버렸다.

"여름이 너 길냥이 밥 주는 곳 옮긴 거야? 오랜만에 나가 봤더니 밥그릇도 물그릇도 거기에 없더라."

"다른 곳으로 옮겼어. 사람들이 여러 번 불만을 말했거든. 밥을 주니까 자꾸 거기가 지저분해지고 고양이들이 떼로 몰려와 울어대는 통에 너무 시끄럽다고 말이야."

78

"그런데 왜 나한테 말 안했어?"

"급작스럽게 옮기게 된 거고. 넌 학원 때문에 바빠서 시간을 못 낼 거라 생각했지. 너 바빠서 편의점에도 통 못 오잖아 안 그래? 기분 상했다면 내가 미안해. 너 아까부터 배고프다 하지 않았어? 매점 같이 가자."

"아니, 기분 상한 건 아니고. 역시, 역시 날 신경 쓰고 있었구나? 아닌 줄 알았잖아. 빨리 가자. 아이돌 샌드위치 다 떨어질 거야."

그새 표정이 풀린 희주가 여름의 팔짱을 끼며 한나를 쳐다봤다. 한나는 고개를 떨어뜨리고 발끝을 쳐다보았다.

"아휴! 여전히 답답하네. 가자!"

한나는 희주와 팔짱을 끼고 가는 여름의 뒷모습을 보니 서운한 것도 조금 슬픈 것도 같은 것이 이상한 기분이 되었다.

여름은 상담을 위해 소영을 찾아갔다. 여름의 눈빛만 보고도 소영은 알 수 있었다. 여름은 사랑에 빠진 것 같았다.

"쌤! 저는 확실하게 알게 됐어요. 이제 전혀 혼란스럽지 않아요."

"혹시? 사랑?"

여름이 고개를 끄덕였다.

"그 친구 어디가 그렇게 좋아? 언제부터 좋아한 거야?"

책에 씌어 있는 말이었다. 동성을 좋아하는 감정이 잘못된 것은 아니라는 것을 알려줘야 한다는 지침이 있었다.

처음 여름이 상담을 해왔을 때 소영은 적잖이 당황해 여름의 이야기가 제대로 들리지 않았고 수학 선생까지 끼어드는 바람에 아무런 말도 하지 못했었다. 지난 방학 동안 공부를 한 소영은 해줄 말이 생겼다.

"다요. 안 좋은 걸 이야기해보라고 한다면 없는 것 같아요."

"누군가를 사랑하는 마음은 참 좋네. 너 정말 행복해 보여."

"그냥 잘 해주고 싶어요. 집에 가서도 자꾸 생각나고. 그 아일 생각하면 그냥 웃음만 나와요. 그 아이 목소리는 뭔가 그립게 만들어요."

소영은 여름이 말하는 아이가 한나가 아닐까 생각했다. 한나를 바라보는 여름의 눈빛과 코뼈가 부러졌을 때도 한나만을 걱정하던 모습이 떠올랐다.

"알지, 알지. 좋아하는 마음 알지."

책에 씌어 있는 말이었다. 소영은 잘 알지 못한다. 지금껏 누군가를 여름의 마음처럼 뜨겁고 절절하게 품어본 적이 없었다.

"다른 곳으로 눈을 돌릴 수 없게 만들어요. 그 아이만 보여요. 그 아이 향기만 맡아져요. 그 아이의 소리만 들려요. 그 아이만 느껴져요."

소영은 열여섯의 아이를 질주하게 만드는 뜨거운 감정을 알 수 없었다.

"네 마음이 보여. 진짜 그 친구를 많이 좋아하는 것 같다."

"누구인지 궁금하지 않으세요?"

숨길 수 없는 비밀이라도 되는 양, 여름은 자기의 사랑을 못 견디게 말하고 싶어 했다.

"궁금하기는 하지만…"

그 친구의 입장도 생각해봐야지, 라는 말을 다 하기도 전에 여름은 한나의 이름을 말해버렸다.

"한나, 한나요. 장한 나요. 한나가 멀리에서 보이지 않을 때부터 어느새 심장이 먼저 알고는 나대요. 어떤 때는 내 심장 소리에 귀가 먹먹해져요. 너무 좋아서 기절할 뻔한 적도 있어요."

상담실 문이 벌컥 열렸다. 유교 걸이었다. 유교 걸은 귀까지 빨개져 있었다.

"오여름! 너 그렇게 타일렀는데도 기어코 문제를 일으키는구나."

"선생님! 설마, 엿들으셨어요? 분명 상담중이라는 팻말 걸었는데."

소영이 수학 선생에게 따져 물었다.

"그냥 들리는 걸 안 들어요?"

"의도적으로 들으신 것 아닌가요?"

"그냥 들렸다니까요. 너 한때다. 아직 어려서 그런 거야."

유교 걸이 말했다.

"뭐가요?"

소영이 물었다.

"아니, 그런 이상한 생각은 시간 지나면 괜찮아진다고."

"오여름! 쌤 차 알지? 쌤 차에 가 있어."

소영이 차 키를 주며 여름의 등을 떠밀었다.

"교직 생활 30년이 넘었는데, 그런 짓하다 잘못된 애들 수도 없이 봐왔다. 너 생각 잘해라."

유교 걸이 여름의 등 뒤에 대고 말했다.

여름은 문 앞에 가만히 서서 안에서 들려오는 대화를 듣고 있었다.

"선생님! 지금 들으셨던 말 못 들은 걸로 해주세요."

소영이 말했다.

"그러긴 하겠지만, 양 선생처럼 무르게 말하면 못 고치는 법이에요. 양 선생은 그렇게 말하는 것이 아이들과 소통하는 거라고 생각하시나 본데, 그건 병을 방치하는 거예요."

유교 걸이 말했다.

"좋아하는 마음이 병은 아니죠. 좋아하지 못하는 마음이 병이죠."

양털 목소리가 조금 떨린다고 여름은 느꼈다.

"나는 오히려 그렇게 말하는 것이 무책임하다는 생각이 듭니다."

"사랑은 노래 같은 것이 아닐까 생각해요. 누군가에게 들려주고 싶은."

"뭔 소리요?" 유교 걸이 짜증을 내며 말했다.

"그때는 몰라서 듣지 못했어요. 지금은 듣고 싶어요. …그리고 제 아이들입니다."

"뭔 소린지. 담임이나 애들이나."

유교 걸이 투덜거렸다.

여름은 무리들에게 붙잡혀 있었다. 여름은 한나에게 기다리라는 듯 눈짓을 했지만, 한나는 모른 척 서둘러 교실을 나왔다. 5분쯤 걸었을 때였다.

"같이 가!"

여름이 뒤에서 어깨를 붙잡아 세웠다. 한나를 따라잡으려 뛰어와서 숨소리가 불규칙하게 오르내렸다. 한나는 여름의 손을 어깨에서 떼어내고 뒤를 돌아보았다. 한나는 멀리서 지켜보는 무리들을 보았다. 멀리 떨어져 있었지만 그 아이들이 못마땅하게 쳐다보고 있다는 것은 알 수 있었다.

꾸미기판에서 사라진 한나 사진이 쓰레기통에서 구겨진 채 발견 되었다. 여름은 찍찍이가 허술해서 그런 거라고 말했다. 한나는 그 말을 믿지 않았다. 사진은 찢어질 정도로 심하게 구겨져 있었다.

"싫어할 거야. 미움도 전염되는 거야."

여름은 아무런 대답이 없었다. 한나의 목소리가 너무 작고 낮았다. 그 소리는 때마침 경적을 울리고 지나가던 오토바이의 '라라라라라라라라'하는 경쾌한 소리에 파묻혔다.

"기린 보러 가지 않을래?"

여름이 말했다. 한나가 아무런 말도 없이 여름을 보자 여름이 또 한 번 말했다.

"우리 기린 보러 가자. 전에 말했잖아. 나 친한 기린 있다고."

마주선 여름의 날숨이 한나의 이마에 와 닿았다. 한나는 또 어깨를 움찔거리고 있었다. 뒤에서 여럿이서 여름을 부르는 소리가 들렸지만, 여름은 못 들은 척했다.

"갈 거지? 제발 가주라." 한나는 아무런 말도 없이 다시 걸었다.

"넘어지겠다." 한나는 무슨 말인지 알 수 없어, 멈춰서 여름을 바라보았다.

"네 신발." 한나의 운동화 끈이 풀려 있었다. 한쪽 끝은 신발 바닥에 물려 있었고, 다른 쪽 끝은 보도블록에 닿아 있었다. 여름이 몸을 숙이더니 한나 운동화 끈을 손으로 만졌다.

"만지지 마!" 당황한 한나가 큰 소리로 말했다.

"화났어? 나는 네가 싫은 일은 안 하고 싶은데."

"넌 뭐든 대수롭지 않구나. 나는 온통 신경 쓰이는 것투성인데."

한나는 오른발 뒤꿈치로 엉덩이를 받치고 앉아 운동화 끈을 단단하게 묶었다. 이렇게 단단히 묶어도 매듭이 금방 헐거워져 어느새 풀리기를 반복했다.

"그게 무슨 말이야?"

그때 여름의 무리들이 뒤에서 여름을 부르는 소리가 들렸지만 여름에게는 들리지 않았다. 한나에게 자기의 기린을 보여주고 싶은 마음뿐이었다.

"저기 47번 온다."

버스 문이 열리자마자 기사 아저씨가 빨리 타라고 재촉했다. 한나와 여름은 서둘러 버스에 올랐다. 버스에는 사람들이 제법 있어 자리 하나만 남아 있었다. 한나가 남아 있는 한 자리에 앉자 여름은 의자를 감싸듯 잡고 섰다. 힘줄이 툭 불거진 여름의 손은 단단하게 보였다. 왠지 긴장감이 풀렸다. 체구가 작은 한나는 사람들 옆에서 늘 긴장을 했다. 그렇지 않으면 어느 사이에 자기가 가던 방향과는 다른 곳에 밀려가 있기도 했고 장애물을 피하지 못해 넘어지기도 했다. 체구가 작고, 키가 작다는 것은 여러모로 한나를 위축되게 만들었다.

몇 정거장 지나자 버스에는 내리기만 할 뿐 더 이상 타는 사람이 없었다. 버스 안은 듬성듬성 빈 달걀 곽처럼 보였다. 어느새 여름과 한나만 남았다. 그런데도 여름은 여전히 한나의 의자를 감싸는 자세로 서서 움직이지 않고 있었다. 그러는 여름의 모습은 마치 뭔가를 지키려는 사람 같아 보였다.

공원 안에 있는 규모가 작은 동물원에는 관람객이 거의 보이지 않았다. 개찰구를 통과하고 10분쯤 지나자 공원 안을 돌아다니는 기차가 다가왔다. 기차에서 내리는 사람은 아무도 없었다. 사거리에서 기차가 멈췄다.

"내리시죠. 아가씨!" 여름이 안전 바를 들어 올리며 장난스럽게 말했다. 여름의 말에 얼굴이 빨갛게 달궈진 한나는 열을 식히려 손 부채질을 해대며 여름에게 물었다.

"어, 어디로 가야되는 거야?"

여름은 대답 대신에 빙그레 웃으며 손으로 어딘가를 가리켰다. 여름이 가리키는 곳에 동물원이라는 이정표가 더위에 취한 듯 삐딱하게 서 있었다. 성큼성큼 앞서 나가던 여름이 뒤를 돌아보며 멈춰 섰다. 한나는 이미 지쳐 있어서 걸음을 빨리할 수 없었다. 여름은 앞서서 기다리는 걸 그만두고 길을 되감아 한나 옆으로 갔다.

"저기, 수목원 뒤로 가면 기린이 있지."

여름이 말을 하며 한나의 가방을 들어 올렸다. 가방 무게 때문에 점점 쪼그라들던 한나의 어깨가 쑤욱 올라왔다.

"너무 무거워 보인다. 내가 들겠다니까."

셔틀 기차에서 내리자마자 여름이 한나의 백팩을 들겠다고 했을 때 한나는 가방끈을 단단하게 잡으며 고개를 가로저었다.

"내 가방을 네가 왜 들어?"

"왜 안 돼?"여름이 되물었다.

"그냥 그러고 싶지 않으니까."

"나는 그냥 그러고 싶어서 그런 건데. 그냥 그러고 싶어 너한텐."

기린 우리에서 한 쌍의 기린이 목 레슬링을 하고 있었다. 기린들의 목 레슬링은 서열을 정하기 위해 하는 행동이라고 한다. 그런데 한나가 보기에 지금 이들의 목 레슬링에는 적의도 없었고 경쟁도 없는 것 같았다. 마침 한낮의 열기를 잃고 끝이 뭉툭해진 노란 햇살이 부드럽게 퍼지고 있어 어쩐지 연인들의 스킨십처럼 보이는 모습이었다. 한나는 헛기침을 하며 스케치 노트를 꺼냈다. 한나가 기린 크로키를 막 끝냈을 때였다.

"어울린다."

여름이 무지개색 기린 귀고리를 한나의 귀에 대며 말했다.

"뭐야?"

"오다 주웠지 뭐. 한나야! 6월 21일이 무슨 날인 줄 알아?"

"아니."

"기린의 날. 기린은 원래 상상 동물이라는 거 알아? 기는 수컷, 린은 암컷이래. 털은 무지갯빛이었대. 이마에 난 뿔은 부드러운 살과 털로 덮여 있어서 절대로 남을 해하지 않는대. 식물과 벌레도 밟지 않았다고 그래서, 그래서… 좋아해!"

여름은 기린에게서 눈을 떼지 않고 말했다. 그런 여름을 보며 한나는 여름이 기린을 많이 좋아하는구나 생각했다.

"나도 좋아해."

여름이 고개를 돌려 한나를 쳐다봤다. 기린을 쳐다보고 있던 한나가 고개를 돌렸다. 둘의 눈이 마주쳤다. 한나가 서둘러 다음 말을 붙였다.

"기린 말이야."

한나의 말에 여름은 힘이 쪽 빠지는 기분이었다.

"기린 이름도 루팡이지?"

여름이 고개를 끄덕거리며 말했다.

"내 마음을 빼앗았으니까."

"처음에는 장난처럼 들렸어. 그런데 지금은 알 것 같아. 자기만의 이름을 부르는 마음을 아니까. 어떤 의미인지 알 것 같으니까."

한나가 떨리는 목소리로 말했다. 기린에게서 눈을 떼지 않고서.

"진심은 꼭 말로 해야만 하는 걸까?"

여름의 말에 한나가 천천히 대답했다. 여전히 기린에게서 눈을 떼지 않은 채로.

"아니. 그냥 알아지는 것 같아. …해하지 않는 마음은."

옅은 어둠이 입김에 날리는 목탄처럼 부드럽게 흩어져 하늘에 스며들고 있었다.

"아이고! 이게 누구신가? 그때의 그 쌍년들 아니신가?"

수진의 남자친구였다. 옆에는 수진이 아닌 다른 학교 교복을 입은 여자애가 있었다.

"우리가 인사할 만큼 친한 사이였나?"

여름이 한나를 보호하려는 듯 앞으로 한 발짝 나서며 말했다.

"졸라 꼬나보네. 씨팔 또 손목 아작 내게?"

수진의 남친은 옆의 여자애보다 조금 뒤에 자리를 잡으며 말했다.

"내가 그냥 손목을 비틀었니? 그때 니가 한 짓은 생각 못

하나 보다. 그리고 지수진은 아냐? 너 이러고 다니는 거."

"씨팔! 말만 해. 그럼 이 사진 쫙 깔릴 줄 알아."

수진의 남친이 핸드폰을 흔들어 보이더니 뒤돌아서 걸어갔다. 여자가 지수진이 누구냐며 따졌고 남자는 욕을 하며 다 끝난 사이라고 말했다.

한나가 말했다.

"나는 신경 안 써. 참 예쁘다. 하늘도 나무도 기린도."

여름이 한나를 쳐다보자 한나는 어깨를 으쓱했다. 말은 하지 않았지만 한나는 여름이 여름 끝 아름다운 풍경을 놓치지 않았으면 했다.

여름과 한나는 차창 밖으로 휙휙 지나가는 가로등을 보고 있다 어느새 유리창에 비친 서로의 얼굴을 보고 있었다.

'내 세상에는 너만 있는 것 같아. 너에게만 흘러가는 내 마음은 뭘까?'

한나는 여름을 보며 생각했다.

역지사지 동아리 마지막 체험 학습은 '옹관 타임캡슐 만들기'였다. 오래전에 양털이 근처 랑동 고고 박물관에 신청해 놓은 것이었다. 빔 프로젝터로 틀어준 영상에서는 옹관을 제작하는 과정과 굽는 과정을 재현하고 있는 모습을 볼 수 있었다. 옹관 무게만 400킬로그램이 넘고 크기도 4미터가 넘는 다는 설명글이 보였다.

"이건 드론으로 촬영한 발굴된 옹관 모습입니다. 흙에 밀착되어 남아 있는 부분이예요. 윗부분 역시 이렇게 다 깨져 있어서 수거를 한 상태예요."

연구원이 화면을 정지시키더니 말했다. 정지 화면에 보이는 옹관은 윗부분이 없어서 동그란 안경알처럼 보였다. 수많은 금이 가 있는. 현미경으로 본 잠자리의 눈 같기도 했다.

"옹관묘는 이것처럼 두 개의 옹관이 서로 입구를 맞대고 있는 모양이 많아요. 물론 단옹 그러니까 혼자인 옹도 있긴 하지만요."

영상이 끝나자 연구원이 찰흙을 조금 떼어내 뭔가를 만들었다.

"제일 먼저 이정도 찰흙 볼을 만든 다음 펴서 지름 육 센티 정도로 동그랗고 편편하게 펴주세요. 최대한 두께가 비슷하게 해주세요. 그래야 터지지 않을 테니까요. 쿠키도 구울 때 얇은 곳은 타고 두꺼운 부분은 덜 익고 그러잖아요."

연구원이 오백 원짜리 동전 크기의 찰흙 볼을 보여주었다.

"이건 바닥면이 될 거예요. 이 위에 띠를 붙여서 테쌓기를 할 거예요. 띠는 짧은 것에서 점점 더 길게 만들 거예요. 바닥면 다 만들었으면 들어보세요."

아이들이 들어 올린 바닥면을 일일이 눈으로 확인한 연구원이 다시 말했다.

"모두 다 잘하고 있네요. 이제 띠를 만들 거예요."

연구원이 만들어보이는 찰흙 띠는 가느다란 떡볶이 떡 모양이었다.

"그릇의 모양을 생각하면서 띠의 길이를 조절하면 될 거예요. 요 정도 길이 띠 두 개를 여기 바닥면에 붙이는 거죠."

연구원이 띠를 바닥면에 붙인 모습을 보여주었다.

"띠를 붙였으면 이렇게 문질러 늘려서 띠의 모양을 완전히 뭉개는 거예요. 그리고 자기가 만들고자 하는 그릇 모양을 그려보면서 띠를 조절하는 거예요."

"먼저 띠를 잔뜩 만들어놓고 나중에 붙여도 되나요?"

어떤 아이가 질문했다.

"안돼요. 미리 만들어 놓으면 수분이 날아가버려 접착력이 떨어져요. 또 질문 있어요? 없는가 보네. 그럼 자유롭게."

"옹관 안에 들어가면 어떤 기분일까? 생각해본적 있어?"

여름이 물었다.

"…엄마 뱃속 같았어. 아니, 그곳이면 그렇지 않을까 생각했었어. …아주 편안했거든. 아주 깊은 잠을 잤어."

한나는 전에 살던 곳 근처 박물관에서 했던 옹관 체험을 떠올렸다. 커다란 알 모양 옹관 안에서 태아 자세로 누워보니 옹관 속 어둠은 부드러웠고 공기는 따뜻했다. 순식간에 깊은 잠에 빠졌고, 체험 학습 팀이 집으로 돌아갈 때가 되어서야 일행은 한나가 보이지 않는다는 것을 알아차렸다. 사람들은 옹관 안에서 잠든 한나를 기절했다고 생각했다. 한바탕 소란이 일었고 옹관 체험은 그날 이후로 사라져버렸다.

"정말? 어디서 할 수 있어? 나도 해보고 싶어." 여름이 흥분해서 말했다.

"그때가 마지막이었어. 없어졌거든."

"왜?"

"기절했다고 생각하더라."

"잠든 거였는데?"

한나는 아무런 말없이 고개를 작게 끄덕거렸다.

한나와 여름의 타임캡슐만이 두 개가 입구를 맞대고 있는 모양이 아니었다. 아래에서 위로 갈수록 점점 넓어지는 길쭉한 모양이었고 뚜껑이 있었다. 뚜껑 중앙에는 새 모양 꼭지가 있는 모습이었다.

"너여서 좋아."

한나가 무슨 말인지 모르겠다는 표정을 지었다.

"그러니까, 너랑 같아서 좋다는 말이야. 타임캡슐 말이야. 과거도 현재도 미래도 어쩌면 우리 이어져 있을지도 모르겠다는 생각이 들었거든."

한나가 알겠다는 듯 고개를 끄덕였다.

"자, 이제 마지막 작업. 이건 토기 바닥에 있는 표식인데 가마마다의 고유의 표식 그러니까 제품 실명제 같은 거라고 해석하는 고고학자도 있어요."

연구원 선생님이 화면에 띄워져 있는 그릇의 밑바닥에 새겨진 여러 가지 표식을 가리키며 말했다. 브이, 더하기, 곱하기, 별, 작은 삼각형 세 개가 큰 삼각형을 이루고 있는 등 다양한 표식들이 보였다.

"각자 이름을 써주면 구분하기 좋겠지요? 아직은 흙이 무르니까 조심해서 다뤄주세요. 두 개 옹관 모두에 표시를 해두세요. 그래야 짝을 찾기 쉬우니까."

한나는 이름 대신에 타임캡슐의 뚜껑과 몸통에 맞물려 기린을 그려 넣었다.

"한나는 기린이네. 나도 기린."

여름이 이렇게 말하더니 자기 타임캡슐에 기린을 그려 넣었다.

"그럼 준비해온 편지를 넣어주세요. 오늘 여러분이 만든 타임캡슐은 우리가 박물관으로 가져가서 그늘에 말렸다, 굽기 작업을 할 거예요. 그리고 여기 타임캡슐은 여러분이 찾고 싶을 때 졸업한 뒤라면 언제라도 박물관으로 직접 찾으러 오세요. 박물관 휴관일인 월요일은 빼고요."

"대학갈 때 찾으러 가도 되나요?" 여름이 물었다.

"물론이요. 10년 뒤도 20년 뒤도 괜찮아요. 박물관은 그때
도 여전히 존재할 테니까요."

"쌤 특비 상담 요청이요."

여름이 수업을 끝내고 나가던 양털을 향해 외쳤다.

"특별 비밀 상담을 웬일로? 콜! 10분 뒤에 내 차에서 보
자."

여름이 생각하기에 상담실은 안전한 장소가 아니었다.

"특비 상담? 뭔데? 뭔데?" 희주가 물었다.

"말을 하면 특비가 아니지. 껄! 껄!"

"연애 고자한테 연애 상담? 졸라 웃기네." 수진이 혼잣말처
럼 중얼거렸다.

"너 누구 좋아하는 사람 있어?" 희주가 여름에게 물었다.

"때가 되면 너희들 모두에게 말해줄게. 진짜야."

"개쪽당할 텐데." 수진이 뭔가를 알고 있다는 듯 말했다.

"오여름은 약속 꼭 지켜." 희주가 말했다.

"믿는 도끼에 발등 찍히면 졸라 아프던데." 수진이 혼잣말
처럼 중얼거렸다.

"네가 믿는 사람이 있긴 하니?" 희주가 수진을 쏘아보며

말했다. 수진은 대답 대신에 어깨를 으쓱해 보였다.

"음악 필요해? 말만해. 생목 라이브도 가능해."

양털이 목울대를 흔들며 목을 풀었다.

"다 알아요. 쌤 음감, 박자감 모두 바보잖아요."

"딱 걸렸네. 흥! 흥! 흥! 흥!"

"그걸로 됐어요. 쌤 웃음소리요. …확실히 알 것 같아요. 시간이 지날수록 커져만 가요. 이 근육처럼요."

여름이 팔근육을 부풀려 보이며 웃었다. 소영이 보기에도 여름은 키도 몸도 자랐다. 복장은 하복에서 춘추복으로 바뀌어 있었다.

"항상 보고 싶고 생각나고 지켜주고 싶고 그래요."

"그래 보여. 너 한나만 보면 웃는 거 아니?"

"그냥 행복한 것 같아요. 그 애가 옆에 있다는 것만으로도. …고백하고 싶어요."

"음, 사람의 마음을 확인하는 건 정말로 어려운 일인 것 같아. 많은 준비를 해야 하는 것이 맞는 것 같고. 시간과 마음을 들여서 말이야. 준비가 안 된 상대라면 상처받을 수 있다는 것도 생각해보고."

"나만 생각했었나… 조금 더 생각해볼게요."

그날 밤 소영은 독서하는 소녀상 앞으로 나가지 않았다. 원하를 사랑하지 않는다는게 소영이 얻은 결론이었다. 선이가 원하가 준 토기를 눈으로 가리키며 물었다.

"사랑해?"

"좋은 것 같아."

"어떻게?"

"그냥 옆에 있음 편해."

"그럼 나는? 나는 어떤데?"

"너도 편해."

"그럼 나도 좋아해?"

"응. 좋아해!"

"너에게 좋아한다는 건 뭐야?"

"같이 있으면 편하고 추운 날 불가에 있는 것처럼 따뜻하고 맛있는 거 먹을 때 생각나고. 이런저런 재밌는 이야기 나누고."

"사귄다는 것이 뭘 것 같아? 그럼 원하 형 만지고 싶어? 키스하고 싶어? 자고 싶냐고."

"아니. 그런 생각은 해본 적 없는데."

"그럼 그 상대가 나인 건 생각해본 적 있어?"

"뭔 소리야? 당연 해본적 없지."

선이가 고개를 돌려 소영을 외면하며 말했다.

"…네 안으로 들어갈 수 있는 사람이 있긴 할까? 아무것도 몰라 넌."

'넌 너만 상처받았다 생각하는구나. 아무것도 느껴지지 않는 내 마음은 산산이 부서져버렸는데.'

소영은 속으로만 생각했다.

"너 왜 안 나왔어?"

원하가 물었다.

"마음을 받을 수 없으니까요."

"선이 때문에?"

"왜 그렇게 생각하시는데요?"

"그 애 너 좋아하는 것 같아. 연애 감정으로 말이야."

"아니요. 아닐 거예요."

"널 바라보는 그 애 눈빛은 널 좋아한다고 말하고 있어. 내가 알 수 있어. 사랑하는 사람의 눈빛은 다 비슷하거든. 쉽게 들키기도 하고."

"내가 아닌걸요. 선배도 선이도. 두 사람이 생각하는 사랑은 아니에요. 그런 것이 사랑이라면 말이에요."

원하의 표정이 굳어졌다.

"선이도 선배도 자기만 상처받았다 생각하는 것 같아요."

원하는 이해할 수 없다는 표정이 되었다.

그날 이후로 소영은 원하도 선이도 어색하고 불편했다. 그런 불편한 관계는 발굴이 끝날 때까지 계속되었고 발굴이 끝남과 동시에 두 사람과의 연락도 끊어져버렸다.

"오여름! 이 엿 같은 사진은 뭐냐?"

여름이 특비를 마치고 교실로 돌아오자 마자 수진이 휴대전화를 들이대며 말했다. 여름이 한나의 귀에 기린 귀걸이를 해주고 있는 모습이었다. 아이들이 몰려들었다.

"누구야? 지금 뭐하는 건데?"

희주가 여름에게 물었다. 한나는 옆얼굴만 나와서 잘 알아볼 수 없었지만 여름은 정면이 찍혀 있었다.

"딱 보면 모르겠냐? 레즈 짓 처 하는 거잖아."

수진이 한나를 훑어보며 말했다.

"한나야?" 희주가 물었다.

"이런 상황이 안 되기를 바랐는데… 나 혼자서 좋아하는 거야. 한나는 아니야. 그러니까 한나는 절대 건드리지 마. 부탁이야."

여름이 혼자서 외로이 싸우는 동안 한나는 한 발짝 떨어져서 아무런 말없이 발끝만을 보고 있었다.

"와! 졸라 쩌네! 오여름 찐 레즈였네."

여름이 멀어지고 있었지만 한나는 고개를 숙인 채 움직이지 않고 서있기만 했다.

아득한 시간들

아이들 사이에선 여름이 한나에게 차인 마상 때문에 학교에 나오지 않는다는 소문이 퍼졌다.

"오여름은 지금 자유 활동 시간이야. 너희들이 궁금해 할 것 같아서."

소영이 말했다.

"오여름 장한나한테 차여서 튄 거잖아요. 오여름 레즈잖아요."

수진이 말했다.

"수진아! 넌 남자를 좋아하지?"

소영이 진지한 목소리로 물었다.

"당연히요. 저는 오여름이랑은 달라요. 정상이에요. 기분 졸라 더러우니 비교하지 마세요."

수진이 인상 쓰며 말했다.

"그렇지. 너랑 다른 사람은 다른 거지 틀린 건 아니지."

"레즈는 졸라 이상하고 더러운 거라고요."

수진의 말에 아이들이 술렁거렸다.

"네가 이성을 좋아하는 것이 당연하다고 말했잖아. 여름이도 똑같아. 오여름이 동성을 좋아하는 건 너처럼 당연한 거야. 여름이는 자기를 잘 알고 싶다고 했어. 그래서 자유 활동 시간을 신청한 거고. 너희들도 언제라도 자유 활동 시간 신청할 수 있어. 사랑하는 우리 반 나중에 보자."

양털이 오른손 가운데 손가락을 들어 흔들어 보였다. 검정색의 알파벳 A 반지였다.

"쌤! 커플링이에요?" 한 아이가 놀라서 물었다.

"그런 종류지. 니들이 맞춰봐, 이 반지."

양털이 가운뎃손가락을 흔들어대며 나갔다.

"미친 것 아니냐? 졸라 어이없네."

양털이 나간 문을 보며 수진이 말했다.

"야! 장한나! 너 할 말 없냐? 하긴 넌 입에 풀을 붙였는지 호치키스를 박았는지 붙어서 말도 졸라 못하지."

한나가 수진을 가만히 바라보았다.

"아이씨! 졸라 쳐다보네 내 면상 뚫리겠다 아주."

"나, 나 말이야. 단톡방에 들어가도 될까?"

한나가 눈을 감고 큰 소리로 말했다. 한나의 목소리가 떨리고 있었다.

"목소리 졸라 크네. 컨셉 깨졌네?" 수진이 놀라서 말했다.

"단톡방에서 하고 싶은 말이 있어."

"그래. 안 될 게 뭐 있어. 너도 우리 반인데."

희주가 아이들을 둘러보더니 말했다. 고개를 끄덕여 수긍하는 아이도 있었고 그러지 않는 아이들도 있었다.

한나는 교무실 문 앞에서 여름이 했던 것처럼 다리 찢기를 했다. 마음이 유연해지면 쉽게 상처받지 않을 테니까. 한나는 노크를 한 뒤 문을 열었다. 양털은 상자에서 에어 캡에 싸여 있는 뭔가를 꺼내고 있었다.

"선생님!"

"오, 여름? 아, 한나구나! 날 불렀니?"

"네. 드릴 말씀이 있어서요."

"여름이가 네 목소리는 그리운 걸 생각나게 한다더니 정말 그러네."

한나의 얼굴이 빨갛게 변했다.

"그런데 무슨 일 있어?"

양털이 에어 캡을 풀며 물었다. 에어 캡 안에서 나온 건 집에 있는 황토 쌀 항아리랑 크기도 색도 비슷한 토기였다.

"우리 반 단톡에 저도 들어갔으면 해서요. 애들에게 할 말이 있어요. ⋯특별해요. 여름이. 처음부터 특별했어요. 내가 나를 잘 모를 때에도. 그런데 말하지 못했어요. 여름이 혼자

버티는 걸 보면서도 옆에 서지 못했어요. 너무 미안해요."

"나는 누구를 이성이든 동성이든 좋아하는 마음은 이상한 것이 아니라고 생각해. 소중한 마음임에는 둘 다 다르지 않으니까. …아, 내가 또 이런다. 책에서 읽은 말 그대로 하기나 하고 말이야. 이 반지 무슨 뜻인지 알아?"

양털이 A반지를 한나에게 보여주며 물었다.

"네, 무성애자 표시라고 알고 있어요. 그동안 나에 대해 알고 싶어 찾아봤거든요. 그러다 알았어요."

양털이 토기를 빙빙 돌리다 글자가 써져 있는 곳이 나오자 멈췄다.

"쌤이 이제야 알게 된 것이 있어. 사랑을 고백하는 일이 엄청 두렵다는 걸 말이야. 그걸 전혀 몰랐어. 그렇게 상처받을 줄도 몰랐고. 나는 누군가를 그렇게 그리워해본 적이 없거든. 누군가를 원했던 적이 없거든. 그 마음도 몰랐고 내 마음도 몰랐어. 내가 왜 그런지 말이야. 이제야 알게 되었어. 여름이가 너를 이야기할 때, 너를 향한 마음을 이야기할 때. 그때 그 사람들도 그런 마음이었겠구나. 나는 이래서 또 그때 그럴 수밖에 없었구나."

교무실 문이 열리는 소리가 들렸다. 유교 걸이 들어왔다.

"장한나! 너 오여름이랑 친하게 지낸다면서? 오여름이 언제 돌아온다고 안 해? 시험이 코앞인데."

"잘 모르겠어요."

한나의 대답에 유교 걸이 놀라는 눈치였다.

"연락오면 꼭 전해라. 지금 하는 공부도 다 대학 가는 거랑 연계되는 거라고 말이야."

"네. 알겠습니다. 선생님 저 가볼게요."

"말을 하니 얼마나 속 시원하냐? 좋아 장한나!"

유교 걸이 웃으며 말했다.

"유교 걸 나름의 공감법이라 생각해." 여름이 말했었다. 한나는 여름의 말이 맞을지도 모르겠다는 생각을 했다.

한나의 프사는 목탄으로 그린 기린 한 쌍이었다. 기린이었지만 왠지 한나와 여름을 닮은 것 같았다.

재수 없는 담탱은 이쯤에서 빠진다. 이야기 끝나면 다시 초대해라.

잠깐만요. 그 반지 진짜 뭐예요?

반 티 같은 거.

양털님이 나갔습니다, 라는 메시지가 떴다.

한나 안녕

희주 ㅎㅇ 용건 뭐임?

한나 이미 알고 있겠지만… 여름이… 좋아해.

104

수진 너도 레즈라고?

한나 이상하고 더럽다고 생각할 수도 있어

그래도 어쩔 수 없어

수연 상관 안 하는데

한나 고마워

은수 뭐가?

한나 이해해줘서

주현 나만 아니면 ㄱㄱ 나한테 사귀자만 안 하면 됨

한나 우리도 아무나 좋아하는 건 아니야

여름이라서 나라서 좋아하는 거야

가은 그렇다고 들은 적 있어

유경 나도 그렇게 들었어

희주 주현 걱정 ㄴㄴ 남자도 너 안 좋아하는데 ㅋㅋㅋ

한나 모두들 고마워

이른 시간 여름이 나타났다. 여름은 커다란 배낭을 멘 채였다. 이른 시간인데도 3학년 교무실 문 앞에 누군가 있었다. 양털이었다. 양털은 벽에 뭔가를 붙이고는 엉덩이를 긁적이더니 3학년 교무실 안으로 들어갔다.

전지 크기의 벽보에는 문구와 함께 상상의 기와 린이 목레슬링을 하고 있는 모습이 그려져 있었다. 기린은 무지갯빛

이었다.

"네가 좋아. 처음 본 순간부터. 너만의 향기가 좋았고 너만의 온도가 좋았어. 너만의 몸짓이 좋았고 너만의 웃음이 좋았어. 너만이 줄 수 있는 마음이 좋아."

여름은 한나의 글씨를 금방 알아볼 수 있었다.

"제대로 알아보려 하지 않는 불성실함이 때론 어떤 사람의 뿌리를 흔들 수 있음을 알자. 수연."

"동성애는 찬성과 반대를 할 수 있는 것이 아니다. 은수."

"동성애는 피부색처럼 타고난 것이래요. 가은."

"동성애나 이성애나 무성애나 자신의 선택이 아니다. 내가 누군 줄 모르고 있었어. 오여름 널 만나지 않았다면 난 지금도 모르고 있었겠지? 양털."

"오, 여름! 네가 동성애자라고? 그래서 뭐? NO problem. 주현."

"동성애는 조장되는 것이 아니다. 유경."

"알아보도록 할게. 5반 유경."

"나는 좋은 사람은 아니었나 봅니다. 내 주변에 동성애자는 없다고 생각하고 살았거든요. 그런데 친한 친구조차도 나에게 말을 못했던 건, 내가 좋은 사람이 아니었기 때문이었던 것 같습니다. 오여름 미안해. 너는 나에게 참 좋은 친구야. 나도 노력할게. 희주."

"선택한 것은 버릴 수 있어도 타고난 것은 버릴 수 없다. 쓰레기 같은 놈 버렸다. 졸라 쓰레기 같은 선택이었던 걸 이젠 알았다. 니들 때문에. 쨌든 잘 사귀든가."

수진이라는 걸 이름 없이도 알 수 있었다.

3학년 1반 졸업생 단톡방에 있는 양털의 프사는 한나가 그린 연필화 위에 대문자 A가 써진 반지가 놓여 있는 모습이었다. 단톡방에 있는 아이들 모두는 그 반지에 써진 A가 무성애자임을 나타낸다는 걸 알고 있다.

3년 뒤 첫눈 오는 날 오전 11시, 검정색 커플 룩.

이 약속을 듣는다면 많은 사람들이 지켜지지 않을 거라고 생각할 것이다. 한나와 여름이 랑동 고고 박물관으로 타임캡슐을 찾으러 가기로 한 약속이었다. 올해 첫눈은 긴가민가 망설여지는 첫눈이 아니라 확실하게 많이 내렸다. 시 근교에 있는 랑동 고고 박물관으로 가려면 시외버스를 타야 했다.

한나는 박물관 정거장이 나타나기 전부터 일어서서 여름이 있는지 확인하느라 까치발을 하고 서 있었다. 기사 아저씨가 자리에 앉으라고 말하더니 애인이라도 기다리고 있느냐고 물었다. 버스가 모퉁이를 돌자마자 멀리 서 있는 사람이 보였다. 그 사람은 고개를 잔뜩 빼고는 버스가 다가오는 것을 보고 있었다. 여름이었다. 앞머리를 넘겨 이마를 드러내고 있었다. 벌써부터 레몬향이 맡아졌다. 버스에서 내리는 한나의 등 뒤로 운전사 아저씨가 말했다. "선남선녀구만".

3년이 흘렀지만 어색함은 전혀 없었다.

"잠깐! 다행이다. 운동화 끈이 풀려 있어서."

여름이 천천히 몸을 낮추더니 풀린 한나의 운동화 끈을 묶으며 말했다.

"너튜브에서 봤는데 이렇게 하면 풀리지 않는대."

한나가 먼저 여름의 손을 잡으며 말했다.

"전에는 네가 먼저 손을 내밀었지만 이번에는 내가 먼저."

박물관 입구가 가까워지자 여름이 손을 놓으려고 했다. 한나가 안 된다고 고개를 가로 저었다.

박물관 데스크는 비어 있었다. 겨울이라 그런지 관람객도 없었다. 전시실 안으로 들어갔다.

전시실 안은 고대인의 마을을 그대로 옮겨놓은 것 같았다. 삶이 이루어지는 공간과 죽음 이후의 공간이 구분되어 있었다. 삶의 공간은 너른 들을 안고 있었고 죽음의 공간은 높은 곳에서 마을 전체를 감싸고 있었다. 죽은 사람들에게 기댄 삶은 계속될 거라는 생각이 들었다.

"어! 너희들 타임캡슐 찾으러 온 거야? 이리로 내려와!" 한 연구원이 전시실과 연결된 지하 계단에 서서 소리쳤다. 둘은 학교에 왔던 그녀를 기억해냈다. 그녀는 임신 중이었다. 연구원은 둘을 창고로 데려갔다.

"소속이 어디였지?"

"은송 중학교 27회, 역지사지 동아리요."

"은송 중이면 여중이잖아?"

"네, 맞아요. 저 여자예요."

"아! 그러고 보니 생각난다. 너 동아리 장이었지?"

"기억하시네요? 3년이나 지났는데."

"여깄다. 기형器形도 두 개만 다르고 표식도 특이해서. 기억에 남는 타임캡슐이었어. 누굴까 궁금했었는데 너희 둘이었구나?"

여름과 한나는 잡은 손에 힘을 주었다.

"그렇게 손잡고 다니면 오해하는 사람 많지 않나?"

"오해 아닙니다만."

여름과 한나가 동시에 말했다.

타임캡슐을 받아 계단을 올라가고 있는데 등 뒤에서 연구원 선생님의 목소리가 들렸다.

"이거 보고 갈래?"

한나와 여름이 뒤돌아섰다.

"지금 전시 준비 중인 옹관 속 인골, 사십 대 중후반 키는 백오십 센티, 둘 다 여자이고 둘 다 출산 흔은 없어. 혈연관계는 아니고 비슷한 시기의 죽음이었지. 같은 재질의 옷을 입고."

옹관 안에 서로를 마주보고 있는 인골 두 구가 있었다. 이야기를 나누고 있는 듯한 모습이었다. 둘이 나누는 이야기는 이미 내가 되어버린 너의 이야기로 시작과 끝이 한 몸이 된, 여전히 끝이자 시작인 이야기일 것 같았다. 여름과 한나는 그렇게 느꼈다.

"연인이라는 말인가요?" 여름이 물었다.

"고고학적 사실을 말하는 거야. 해석은 각자 알아서들." 연구원이 말했다.

한나는 생각했다.

사랑을 말할 때 우리들은 이런 모습일 거라고.

어리고 젊고 늙은 그녀들, 스미다

재혼을 한 아빠의 아내와 생활하는 건 불편하고 어색했다. 둘이만 있는 것도 아빠가 끼여 셋이 있는 것도.

처음에는 아빠의 아내가 고양잇과 사람들 속에 홀로 뛰어든 갯과 사람이라고 생각했다. 하지만, 얼마 지나지 않아 아빠는 갯과 사람이 되었고, 또 얼마 뒤에는 새로운 갯과 사람이 한 명 더 늘 거라는 걸 알게 되었다. 봄이 오면 털을 곧추세운 채 고양잇과인 채로 남아 있는 사람은 나뿐일 것이다.

'해림! 해림! 서해 보물! 엄마 보물 일어나!'

'엄마는 죽지 않았다. 오늘도 어김없이 이렇게 낯간지러운 말로 나를 깨우고 있잖은가?'

이것은 꿈이다. 나를 보물이라고 불러준 엄마는 초등학교 6학년 때 이미 돌아가셨으니까.

얼마 뒤, 계란 깨뜨리는 소리와 달군 프라이팬에서 계란 프라이가 익어가는 소리, 나에게 다가오는 발걸음 소리와 희미한 음식 냄새가 밴 엄마만의 냄새. 갑자기 발걸음 소리가 멀어졌다. 얼마 지나지 않아 화장실에서 소리가 났다.

"우웩!"

물 내리는 소리가 나고 아빠의 아내가 핼쑥한 얼굴을 드러냈다. 나를 보자마자 누구라도 기분 좋아지게 만드는 강아지 같은 미소를 띠며 말했다.

"아침 먹어. 할 줄 아는 게 많지 않아서…"

"안 먹어도 되는데요. …애쓰실 필요 없어요."

으깨지고 노른자가 터진 계란 프라이를 보며 말했다.

"눌어 붙어서 말이야."

아빠의 아내가 미안해하며 말했다.

"못하면 하지 마세요. 벌써 몇 개를…"

아빠의 아내가 태워 먹은 냄비며 프라이팬이 늘어갔다. 아빠 아내의 요리 실력만큼 우리 사이도 늘 같은 자리라는 생각이 들었다.

혼자 나와 살겠다고 했다. 엄마가 있는 수목원 근처에 기숙고등학교가 있었다. 10월까지 근처 중학교로 전학을 하면 입학이 가능한 고등학교였다. 입시 명문이라고 이름도 꽤 알려진 곳이었다.

"안 될 말이야. 아빠 직장이 너무 멀어지게 되고 그리고…."

아빠는 뭔가 할 말을 다 하지 않고 아내 표정을 살폈다. 아빠의 아내는 나날이 수척해졌다.

"내가 왜 아빠랑 갈 거라고 생각해? 나 혼자 옮길 거야."

"남들이 나를 어떻게 생각하겠니?"

"남들에게 일일이 알릴 필요 있어? 겨우 두세 달인데. 고등학교는 전원 기숙사 생활이라니까."

"혼자 살기엔 넌 너무 어려."

"언제는 혼자 아니었나?"

"서해림! 너 정말! …아직 시간 있으니까 좀 더 생각을 해보자."

아빠 심기를 건드려 좋을 건 없다는 생각에 오늘은 여기까지만.

"더 힘들어지지 않을까? 아무것도 못 먹는 것 같던데."

볼이 홀쭉해지고 눈까지 퀭해진 아빠의 아내를 눈짓으로 가리키며 말했다. 아빠의 아내는 입덧을 하는 중이었다. 거의 먹지를 못하고 물까지 게워내고 있는 눈치였다.

"아, 알고 있었어?"

"내가 아직도 초딩인 줄 아나 봐. 저러는데 모르면 바보지."

"좀 더 생각해보자."

"그래 그럼. 아직 시간은 있으니까."

혼자서 살게 되었다.

이곳은 대도시 근교의 작고 오래되고 낮은 복도식 아파트다. 단지는 크지 않았지만 오래된 숲으로 둘러싸여 있었고, 그 숲은 낮은 야산으로 바로 연결되어 있었다. 야산은 가벼운 차림으로 등산할 정도의 높이였다. 산을 넘으면 읍에도 학교에도 갈 수 있었다.

부동산 사무실 사장은 이 아파트로 이사 오는 사람들 중 다수가 그리운 사람이 잠들어 있는 엔젤 수목원 가까운 곳을 원해서 온다는 말을 해주었다. 과연 숲에는 여러 개로 나뉜 길들이 있었다. 둘레 길도 여러 개 있었고 정상으로 향하는 길도 몇 개인가 있었다. 길마다 이정표가 세워져 있어 수목원을 찾기는 쉬웠다. 빙 둘러 가는 도로보다도 훨씬 짧은 거리인 것 같았다.

아빠는 롤 케이크를 들고 나를 앞세워 101호와 103호 초인종을 눌렀지만, 두 집 다 외출 중이었는지 대답이 없었다. 아빠는 밤에라도 이웃들에게 롤 케이크를 드리고 인사하라고 했지만, 그러지 않았다. 이사라고는 했지만, 달랑 가방 두 개가 다였다. 내가 나서지 않는 한 아무도 내가 여기에 이사 들

116

어왔는지 모를 것이라는 생각이 들었다.

현관문을 열려고 할 때, 옆집 현관문 열리는 소리가 들렸다. 발자국 소리가 멀어지자 그때서야 문을 열었다. 옆집 사람과 마주친다면 나 혼자 이사 온 걸 알게 되어 괜히 아빠를 욕 먹게 할 것 같았다. 복도에는 흙냄새가 남아 있었다.

줄곧 생각했다. 집이라는 것은 통조림 같은 것이어서, 그 집에 살고 있는 사람을 닮은 냄새를 담고 있다고.

앞에서 힙합 스타일의 오버 사이즈 후드 티의 모자를 깊게 눌러 쓰고, 주머니가 여럿 달린 카고 바지를 입은 사람이 주차장으로 걸어가고 있는 것이 보였다. 그 사람의 뒷모습은 남자 어른이라 보기엔 작았고 가벼워 보였다. 꽃과 꽃 사이를 날아서 옮겨 다니는 나비가 생각나는 걸음걸이였다. 그 사람의 뒤를 따르는 나 역시 조심스럽게 소리를 죽여 최대한 천천히 걸었다.

엄마 나무에게 인사를 끝내고 난 뒤, 주변 나무들을 둘러봤다. 아빠랑 왔을 때는 해보지 못했던 일이었다. 살았던 시간을 셈하다 유독 짧았던 삶을 살았던 사람의 나무 앞에서 멈췄다. 17년을 살았던 남학생의 나무였다. 나무에는 코팅된 컬러 사진이 걸려 있었다. 사진 속 한복을 차려입은 여자와 개 그리고 까만색 차이나 칼라 안에 흰색이 덧대어져 있는 교복과 까만색 모자를 옆구리에 끼고 서 있는 남학생, 벽에 걸린 커다란 시계도 카메라를 보고 웃고 있는 것 같았다. 두 사람 다 얼굴에 보조개가 잡혀 아주 많이 닮았다. 두 사람 사이에 있는 개는 나이가 많아 보였다. 모든 것이 귀찮다는 듯 바닥에 배를 깔고 고개만 들어 앞을 보고 있다.

나무로 만든 표지판에는 '채 정 희 1963. 10. 20.~1980. 5. 20.'라고 씌어 있었다. 나보다 겨우 1년 더 살았을 뿐이다. 죽기에는 너무 어린 나이라는 생각에 이어 죽음이라는 것이 부당하다는 생각이 들었다. 엄마가 나을 수 없는 병에 걸렸다는 걸 처음 알았을 때처럼 억울한 마음도 들었다. 죽음은 사람의 분하고 억울한 사정을 알아주지 않는다는 생각이 들어 죽음이 두렵기도 했다.

백 년을 산 사람의 나무 앞에서도 걸음을 멈췄다. '나 경만' 할아버지의 백 세 생일을 기념한 가족사진이 걸려 있다. 사람들 숫자가 너무 많다.

1985. 11. 11.~2014. 11. 11., 생과 죽음의 달과 일이 똑같은 사람, 30년을 살다 간 사람의 나무. 사진 속 남자는 군복 차림이었지만, 그동안 보아온 군인들과 표정이 달랐다. 어떤 것을 자랑스러워하는 것 같은 모습도 잔뜩 긴장해 굳어 있는 모습도 아니었다. 얼굴에는 아무런 표정이 없었다. 낙엽색을 닮은 눈동자가 인상적이었다.

하굣길, 긴 생머리를 늘어뜨린 긴 스커트 차림의 여자가 앞서 걸어가는 것이 보였다. 얼마 전에 보았던 익숙한 걸음걸이였다. 걸음을 최대한 늦춰서 천천히 여자의 뒤를 따르고 있었다. 아파트 정자에는 할머니 두 분이 앉아 계셨다. 여자가 주춤하며 멈춰 서더니 작고 조용하게 고개를 숙이고는 아파트 건물 안으로 들어갔다.

"아이고! 말세야! 말세! …아이고 저 꼴을 하고는, 진짜 말세야."

할머니 한 분은 인사를 받는 것 같았지만, 다른 한 분은 고개를 획 돌리더니 큰 소리로 말하고는 못 마땅한 듯 연신 혀를 찼다. 여자의 차림은 흠잡을 것이 없어 보였다. 수수하고 단정하기까지 했다. 할머니들 반응이 이해되지 않았다. 그때 할머니 한 분과 눈이 마주쳤다. 내가 얼른 고개를 숙여 빠른 걸음으로 정자를 지나쳐 왔을 때였다.

"처음 본 얼굴이네."

"102호로 이사 왔나? 거기가 쭉 비어 있었지."

할머니들 목소리는 엄청나게 컸고 두 사람만의 대화라기보다는 나에게 묻고 있는 것 같아, 대답을 해줘야 할 것 같은 생각이 들기도 했다.

복도로 들어섰을 때 거기에는 흙냄새가 남아 있었다. 그 끝에는 103호가 있었다. 여자가 막 들어가는 참이었다.

며칠 후 아파트 주차장에서 깊게 눌러 쓴 후드, 짙은 선글
라스, 검정색 카고 바지 차림의 남자가 차에서 뭔가를 내리
고 있는 것을 보았다. 남자의 차는 좀 오래된 티가 나는 짙은
빨간색이었다. 내가 지나갈 때 뒤 트렁크가 열렸다. 언뜻 보았
을 때 거기에는 보통의 사람이 가지고 다니기에는 좀 겁나 보
이는 물건들이 한두 개도 아니고 여러 개 있었다. 삽, 곡괭이,
도끼, 용도를 알 수 없는 철봉, 그리고 숲이 우거진 곳에서 사
용하는 손잡이가 달린 커다란 낫 등등. 나는 나도 모르게 놀
라서 멈춰 있었다. 그때 남자가 나를 발견하고는 당황한 듯
뛰어왔다. 남자는 짙은 선글라스를 끼고 있었다. 남자는 서둘
러 트렁크 문을 닫으며 혼잣말인 듯 조그맣게 말했다.

　"차가 고물이라, 이렇게 허락도 없이 트렁크가 열린다는 거
지."

　남자는 도예용 진흙이라 써진 포대를 껴안듯이 하고는 앞
서 걷다 힘이 드는지 멈춰 자세를 고쳐 잡고 다시 걸어갔다.
남자는 체구가 작다 못해 가녀린 편인 남자는 빠른 걸음으로
뛰다시피 해서 아파트 건물 입구로 들어갔다. 남자가 집 안으
로 들어갈 때까지 밖에서 기다렸다. 문 열리는 소리와 포대가
무거운지 낑낑대는 소리가 잠시 들리더니 문 닫히는 소리가
났다. 복도에 흙냄새가 남아 있었고 103호 앞에는 흙 부스러
기가 보였다. 나는 재빨리 집 안으로 들어왔다.

103호 남자를 수목원 관리실 입구에서 보았다. 깊게 눌러 쓴 후드와 주머니가 여럿 달린 카고 바지, 짙은 선글라스, 빨간색 자동차. 103호 남자의 특이한 복장과 자동차 때문에 금방 알아볼 수 있었다. 그는 자동차 트렁크를 닫으며 관리인과 말을 하고 있었다. 무슨 말인지는 들리지 않았지만 잔디마당에 스무 개가량의 골분함이 놓여 있는 것이 보였다. 아마도 남자가 싣고 온 물건인 것 같았다.

엔젤 수목원의 골분함은 굽지 않고 만들어졌다. 언뜻 보면 모자 쓴 사람의 얼굴처럼 보이는 특이한 형태였다. 수목원에서는 삶과 죽음은 이어져 있다는 생각에 태항아리의 모양을 참고해 만들었다고 했다. 수목원 곳곳에는 골분함이 굽지 않아 쉽게 흙으로 돌아가 자연 친화적이며 수공품이라 어느 것 하나도 같은 것이 없다는 점을 강조하는 안내 문구가 붙어 있었다.

수목원에서 얼마쯤 내려오면 왼쪽으로 나뉘는 오솔길이 나왔다. 거기에는 '시간의 비밀'이라고 써진 이정표가 있었다. 수목원에 올 때마다 늘 궁금했었다. 위쪽에서 103호 남자의 차가 내려오고 있었다. 망설이다 오솔길로 들어갔다. 멀리서 보던 오솔길은 나무들이 빽빽하게 들어차 있어 길이 아닌 것 같았지만, 다가서면 엘리베이터 문 열리듯 숲이 길을 열어주고 있다는 생각이 드는 곳이었다. 한참을 걸었다. 나뭇가지들이 서로에게 기대고 있어 터널처럼 보이는 길이 멀리까지 펼쳐져 있었다. 길은 겨우 한 사람만이 걸을 수 있을 정도로 좁았다. 키 큰 잡초들이 길 쪽으로 누워 있고, 전혀 다듬어지지 않아 돌들이 울퉁불퉁하게 솟아 있는 길이었다.

숲이 끝나는 지점, 그곳 하늘은 푸르게 열려 있었고 새들이 간격을 두고 나무 끝에 앉아 있었다. 새들은 기분 좋은 듯 천천히 머리를 움직이는 것도 꼼짝 않고 앉아 나를 노려보고 있는 것도 같았다. 가까이 다가가서야 나는 그것이 솟대인 걸 알았다. 나무를 깎아 만든 오리들은 위로 높이 솟은 가는 통나무에 앉아 있었다. 파란 하늘에 솜사탕을 엷게 펼쳐 놓은 것 같은 흰 구름이 드문드문 드리워져 있었다. 구름이 바람에 움직일 때면 오리가 날아가는 것 같았다.

솟대는 마을 안에 들어오는 나쁜 기운을 막기 위해 세운다는 것을 알고 있다. 솟대가 있다는 건 가까운 거리에 마을이 있다는 말인 것도 같았다. 나는 다리를 최대한 벌려 한 걸음에 솟대 안쪽으로 성큼 들어섰다. 왠지 시간과 공간을 뛰어 넘어, 아주 오래전 과거로 점프한 기분이 들었다.

내내 귀에서 울렸던 음악이 사라지고, 휴대폰 화면이 까맣게 변해 있다는 걸 알았다. 길에 박힌 돌에 반사된 햇빛이 눈을 쏘았다. 눈앞이 하얗게 변하더니 아무것도 보이지 않았다.

얼마쯤 시간이 지나 눈을 떴을 때 다시 눈앞에 펼쳐진 건 아까와는 다른 숲이었다. 솟대의 밖이 잔뜩 움츠러든 가을 숲이었다면, 솟대의 안쪽인 이곳은 여름날 같았다. 조그만 시냇물이 꼬부라진 길을 따라 천천히 흐르고 있었다. 물가에는 가지가 부드럽게 휘어진 버드나무가 띄엄띄엄 서 있고, 통통하게 물이 오른 물풀이 무성했다. 물풀 위에 펼쳐져 있는 그물이 보였다. 그물은 물에 젖어 있었고, 자세히 보니 물고기 비늘이 몇 개 붙어 있었다. 물고기 비늘이 여전히 투명한 걸 보니 그물을 사용한 지 얼마 되지 않은 것 같았다. 시냇물 맞은편에는 갈대 지붕을 인 움집 세 채가 있었다. 가장 바깥에 있는 움집 지붕에서 연기가 퐁퐁 소리를 내며 뛰어오르듯 솟아나고 있었다. 언뜻 흰옷을 입고 긴 생머리를 날리며 뛰어가는 익숙한 뒷모습. 엄마였다.

"엄마!"

이어폰에서 노랫소리가 들렸다.

"… 새들은 걱정 없이 아름다운 태양 속으로…"

방금 눈앞에 있던 풍경은 사라지고 나는 어느새 익숙한 길에 서 있었다. 뒤돌아보니 숲은 고요했고, 빛이 들어갈 수 없는 단단하게 뭉쳐진 덩어리처럼 어두웠다. 하늘에는 달이 떠 있었고, 구름은 조용하게 움직이고 있었고, 나는 한동안 꼼짝할 수 없었다.

"어라! 너 새로 이사 왔어? 언제?"

약간 걸걸한 목소리에 놀라 뒤를 돌아다보자 검은 선글라스를 낀 긴 생머리의 여자가 웃으며 다가왔다.

"나는 네 이웃. 그냥 스미라 불러. 너는?"

"네?"

"이름이 뭐냐고. 아, 미안. 내가 너무 무례했나?"

고개를 숙이고 집으로 들어가려고 할 때였다.

"너 우리 집에서 라면 먹고 갈래?"

"네?"

"나 라면 먹을 건데. 같이 먹으면 좋잖아. 들어와."

엄마가 생각났다. 엄마는 집에 사람 부르기를 좋아했고 밥 먹을 시간에 누군가 오면 그냥 보내지 않았다. 학습지 선생들도 우리 집에서 종종 밥을 먹기도 했다.

모양새는 떠밀리듯 이었지만 흙냄새가 나는 103호가 궁금하기도 해서 어느새 신발을 벗고 있었다.

집 안은 우리 집과는 완전히 달랐다. 문이 보이지 않았다. 안방이 있는 곳에는 박물관에서 봤던 선사시대 움집이 있었고 부엌 입구에는 동굴이 있었다. 텔레비전도 소파도 보이지 않았다. 거실 벽을 따라 작업대로 사용되는 넓고 긴 책상들이 줄지어 있었다. 입구에서 가장 가까운 작업대 위에는 돌

124

도끼, 돌화살촉 같은 돌로 만든 선사시대 도구가 잔뜩 있었고, 바닥에는 커다란 돌덩이가 있었다. 아마도 돌 도구를 만드는 돌덩이인 것 같았다.

옆 작업대에는 흙으로 빚은 토기와 동물 모양이나 사람 모양 토우들이 건조되어 가고 있었다. 벽 역시 비어 있지는 않았다. 여러 개의 가죽 화살 통에 깃털이 달린 나무 화살이 담겨 걸려 있었고, 나무를 구부려 만든 활 역시 여러 개 걸려 있었다. 바닥에 있는 나뭇가지 묶음이 이것들의 재료가 된 것 같았다. 그리고 눈이 작업대 하나에 멈췄다. 눈에 익은 모습의 골분함이었다. 수목원의 것과 모양은 같았지만 더 짙은 황토색이었다. 수목원에 납품하는 거라는 걸 알 수 있었다. 그리고 무엇보다도 가장 눈에 띈 건 한쪽 벽면에 걸린 대형 사진이었다.

머리에 붉은 색 꽃을 달고, 몸에 착 달라붙는 검정색 상의와 화려한 러플이 달린 무지개색 스커트, 짙은 화장을 한 남자. 격렬한 춤의 마지막이었는지 가쁜 숨을 몰아쉬고 있는 것 같은 모습이었다. 낙엽색 눈동자는 익숙한 듯 낯설었다.

"골분함, 아직 덜 말라서 수목원 것보다는 색이 진하지."

스미 씨가 말했다. 나는 아무런 말없이 고개를 끄덕였다.

"내가 실험 고고학을 하거든."

이번에도 나는 아무런 말없이 고개만 끄덕거렸다.

"실험 고고학 알아?"

이번에는 나는 고개를 가로저었다.

"처음 들어본 말이지? 음, 쉬운 예를 들자면 너 '정법' 보니? 거기서 불 피우고 작살 만들어 물고기 잡고 그러잖아. 그런 걸 고증해서 자문해주기도 하고, 아, 그리고 수목원에 토기를 만들어 팔기도 하고. 애들이랑 도토리밥도 짓고, 돌칼로 벼도 베고."

"아! 아."

"너 혼자 이사 왔어?"

스미 씨가 동굴 속으로 스윽 들어가며 말했다. 스미 씨의 집은 부엌이 있을 자리에 원시인들이 살았을 법한 동굴 입구로 보이는 곳이 있었다. 딸꾹질이 나왔다. 나는 당황하면 딸꾹질하는 버릇이 있었다. 스미 씨는 내가 딸꾹질하는 소리를 대답으로 들었는지 동굴에서 나오며 말했다. 스미 씨 손에는 맥주 캔이 들려 있었다.

"그랬군."

스미 씨는 마지막 맥주를 단숨에 들이키더니 납작하게 구겨 쓰레기통에 던져 넣었다. 맥주 캔은 쓰레기통 안으로 쏙 들어갔다.

"너도 저기 기숙고등학교 가려고?"

나는 고개를 끄덕였다.

"안녕히 계세요."

"아, 미안. 귀찮게 해서. 라면 먹고 가. 벌써 물 올렸는데. 그런데 내가 뭐라고 부를까?"

"해림. 서 해 림이요."

"음, 예쁘네. 무슨 뜻이야?"

이런 질문은 처음이라 스미 씨를 멀뚱하게 쳐다보자 스미 씨가 선글라스를 벗으며 말했다. 스미 씨 눈동자는 낙엽색이었다.

"응애 여사가 의미를 알게 되고 이름을 부르게 되면 듣는 귀도 말하는 입도 몰캉몰캉해지는 거라고 했거든."

"서해바다 보물이래요."

"혼자끼리 앞으로 잘 살아보자. 서해 보물, 아참! 서해에 보물이 많긴 하지. 도자기랑 향신료를 잔뜩 실은 보물선이 발굴된 곳도 서해잖아. 이름을 누가 지었는지 기막히네. 아주."

그때 부엌에서 타이머 벨이 울렸다.

"라면 넣어야겠다. 응애 여사가 감탄하는 내 라면 맛의 비법이기도 하지."

스미 씨가 끓인 라면은 과연 자랑할 만큼 맛있었다.

"이 김치 맛있지? 응애 여사님이 주신거야. 아참! 너 응애 여사 만난 적 없지? 101호에 사시는데. 고향에 다녀오신다고 했어. 재밌고 호탕하고. 너도 한눈에 반할 거야. 누구라도 반하지 않고는 못 배길 할머니지."

말을 끝낸 스미 씨 입가엔 미소가 머물렀다.

'할머니들이 거기서 거기죠.'

속으로 말했다.

"잘 먹었습니다. 안녕히 계세요."

"그래. 우리 집은 늘 개방되어 있어. 언제라도 환영!"

집에 들어오자마자 휴대폰으로 실험 고고학자를 찾아봤다. 설명글이 너무 장황하고도 어려웠다. 한참을 더 뒤진 끝에 실험 고고학자가 운영하는 카페를 찾아냈다. 카페 이름은 '비밀의 시간 속에 스미다'. 나는 스미 씨를 생각했다.

카페 바탕 화면에 있는 선사시대 마을 사진은 얼마 전에 보았던 내가 다른 세상이라고 확신했던 그곳과 비슷했다. 그곳에서는 실험 고고학을 선사시대 도구의 용도, 획득, 제작, 사용, 폐기 등을 연구하는 학문이라는 비교적 쉬운 설명을 하고 있었다. 사진첩에는 자기들이 그동안 해왔던 작업과 현재 하고 있는 실험에 대한 여러 장의 사진 자료들이 있었다.

메인에 뜬 사진은 토기를 만들고 말리고 굽는 과정을 파노라마처럼 보여주고 있는 것이었다. 토기를 굽는 사진이 특히 인상적이었다. 움푹 파인 땅바닥에 옅은 황토색 토기들이 무질서하게 놓여 있었고 토기 사이사이에는 장작이 들어가 있었다. 다음 사진은 장작에 불이 붙어 타고 있는 모습이었다. 엄마랑 마지막으로 갔던 캠핑장에서 했던 캠프파이어를 하는 모습 같았다. 다음은 여전히 불이 꺼지지 않아 빨갛게 된 장작 과 짙은 갈색에 군데군데 검정색인 토기가 찍혀 있었다. 설명글에는 '노천요에서 노천소성 중'이라는 제목과 함께 노천요는 선사 시대 가마의 형태이며 사진 속 토기를 굽는 기법이 노천소성이라는 설명이 씌어 있었다. 다음 사진은 아궁이에 걸려 있는 토기에서 흰 김이 올라오고 있는 모습이었다. 설명글에는 '밥 짓기'라고 씌어 있었다. 다음 사진은 넓적한 돌 위에 도토리가 흩어져 있는 모습이었다. 흩어져 있는 도토리는 껍데기가 벗겨져 으깨진 것들도 그대로인 것들도 있었다. 설명글에는 '갈판과 갈돌을 이용한 도토리 탈피'라고 씌어져 있었다.

사진을 보고 나니 실험 고고학이란 체험 예능 같은 거라는 생각이 들었다. 농촌에서 배추 길러 밥해 먹고 어촌에서 물고기 잡아 밥해 먹고, 산촌에서 나물 뜯어 밥해 먹는.

"쟁희야! 오늘도 날이 째지것다야. 쩌짝 하늘이 벌써부텀 훤하고 순둥이 아그 웃는 모냥맨치 볕이 곰실곰실 솟는 거시야."

놀라서 벌떡 일어났다. 엄마 목소리도 꿈도 아니다. 옆집에서 건너온 소리인 것 같았다. 정신을 차리고 보니 이가 딱딱부딪칠 만큼 추웠고 웅크리고 자서인지 팔이 저렸다. 내가 잠든 곳은 방이 아닌 거실의 확장된 부분이었다. 시계를 보니 5시였다.

"여적지 니처럼 워메! 이쁜 거. 보들보들하고 반들반들항거시 여간도 이쁘네이."

텔레비전에서 들리던 전라도 사투리는 억세고 퉁명스러워 뭔가 위협적이고, 알아들을 수 없는 외국어처럼 일방적이고 억지스러워 불편한 것이었다. 하지만, 지금 옆집에서 들려오는 전라도 사투리는 나에게 말을 거는 것 같은 느낌이 들었다. 억세고 퉁명스럽게 들리는 부분도 여전히 이해되지 않는 부분도 있었지만 왠지 따뜻한 느낌이 드는 것이었다. 억지스럽지 않아서 그런 것 같았다.

"쟁희야이! 쟁희야이! 시상에서 젤 부르고 잡고, 보고 잡고 놔주기 시른디야 시른디야. 쟁희야이! 불러도 실정나지도 않고 무장무장 좋기만 하네. 쟁희야이!"

부르는 소리인 것 같은데 한참을 기다려도 대답하는 목소리는 들리지 않았다. 어느새 손을 맞잡고 있는 나를 발견했다. 익숙한 느낌. 가슴 밑바닥에서 올라오는 다시는 볼 수 없는 사람에 대한 그리움. 뒷모습을 보이고 사라져버리는 엄마

꿈을 꾸고 난 뒤에는 늘 느끼는 감정이었다.

갑자기 어두워진 하늘은 한 번도 보지 못한 청회색을 띠고 있었다. 소나무는 바늘잎을 셀 수 있을 만큼 선명하게 보였다. 숲에서 나는 소리와 냄새는 뭔가를 그렇게 만들고 있었다. 나는 다시 그곳을 볼 수 있을까 싶어 숲의 여기저기를 살폈다. 하지만 전처럼 음악이 귀에서 사라지지도 않았고, 나무들이 길을 터주지도 않았다. 대신에 빨간색 차가 나타났다. 스미 씨 차라는 걸 알 수 있었다. 나는 길 한쪽으로 비켜 멈춰 서 있었다.

"뭔가 찾아다니는 거니?"

유리창으로 얼굴을 내밀고 스미 씨가 말을 걸었다.

나는 고개를 끄덕거렸다.

"비 올 것 같은데 탈래?"

나는 또 고개를 끄덕였다.

"찾았어?"

"모르겠어요."

"음. 열심히 찾다 보면 찾아지는 거겠지 뭐."

"찾아봤어요."

"뭘?"

"실험 고고학이요."

"응. 어땠어?"

"나쁘지는 않았어요. '삼시세끼' 보는 것 같았어요."

"응? 그럴 수도 있겠네. 고대 삶을 체험하는 것이기도 하니까."

"원시인처럼 먹고, 자고, 생활하는 게, 공부가 아니라 예능인 것 같아요."

"그런가? 나는… 돈벌이를 하고 있지."

"아, 아니 그런 게 아니라."

"인간은 참 알 수 없는 존재야. 그렇지. 엄…, 실험 고고학자들은 지금의 결과에 이르도록 한 원인을 여러 가지 물적 증거들로부터 유추해내는 거거든. 거기에 투영된 욕망을 말이야. …가능할까? 욕망은 숨겨진 것인데 그걸 찾는 게. 가볼래? 나 지금 고고학 체험장 갈 건데."

"그래요. 딱히 할 일도 없는데."

스미 씨의 고고학 체험장은 원시 시대 마을처럼 보였다. 전에 보았던 풍경과 흡사했다. 삭은 갈대 지붕 움집에서는 연기가 퐁퐁 소리가 날 것처럼 솟아올랐다. 닭들이 풀밭을 돌아다니다 날아오르기도 했다. 추수를 기다리는 벼가 누렇게 익은 작은 논도 있었다. 논 오른편엔 검은 숯검댕이 곳곳에 묻은 구덩이가 있었다. 인터넷에서 보았던 노천요인 것 같았다. 노천요 주변으로 동그랗게 줄을 지어 크고 작은 각기 다른 모양의 토기들이 놓여 있었다.

"초등학생들 와서 토기를 구울 거야."

스미 씨가 '제작실'이라고 써진 컨테이너 안으로 들어갔다. 나도 뒤따라 들어갔다. 머리 모양이 좀 특이한 흉상이 있었다. 이마가 뒤쪽으로 편편하게 밀려난 모양, 어쩌면 외계인 두상.

"아직 미완인데, 가야 시대 편두를 한 여인."

"편두라는 거, 성형수술처럼 예뻐 보이려고 한 건가요?"

나는 그 당시 미의 척도는 지금과는 많이 다르다는 생각을 하며 물었다.

"그렇다고도 하는데. 이집트만 보더라도 파라오나 왕족들이 하는 거였거든. 하지만, 우리나라의 경우는 좀 다른 것도 같아."

"뭐가요?"

"이 여인이 발굴된 곳은 김해야. 같은 장소에서 백아흔 구정도의 인골이 발굴되었어. 고고학자들은 마을의 공동묘지가 아니었을까 추측하는데, 그곳에서 편두인 인골은 딱 열구 밖에 없었어. 여자 여섯 명, 남자 두 명, 아이 두 명. 그리고 유독 편두인 인골이 출토된 묘지에서는 부장품이 아주 빈약하다는 거야. 쉽게 말해 빈곤층이 아니었을까 생각할 수 있는 부분이지."

"그 부장품이라는 것이 다 썩어서 없어졌을 수도 있잖아요. 그리고 누군가 훔쳐갔을 수도 있고요."

"그럴 수도 있겠지. 하지만 도굴된 흔적은 없었고. 부장품은 썩지 않는 토기거나 금속 종류였으니까. 가난한 사람이 미에 신경 쓸 수 있었을까 하는 생각이 들어. 아름다움보다는 특정한 직업이나 소수 집단에 대한 낙인 비슷한 뭐 그런 건 아니었는지 하는 생각을 해보기도 했어. 편두라는 거 무거운 돌이나 틀로 눌러서 되는 것이거든, 어렸을 때부터 시작해야 하는 거고. 목숨도 위험해지고. 아직 학문적으로 검증된 바는 없지만."

제작실에서 나왔을 때 하늘은 아까보다 더 어두워져 있었다. 집에 돌아오기 위해 스미 씨 차에 타자마자 비가 쏟아졌다. 빗소리와 비 냄새에 나른해져 눈을 감았다.

"밥 때도 넘었는디 깨와서 밥 미기야제?"

놀라서 눈을 떴다. 우리 집이 아니었다. 스미 씨 집에 있던 움집 안인 것 같았다. 스미 씨 작업장을 둘러보고 차를 탔다는 것까지는 기억나는데 스미 씨 집에서 잠든 것은 기억에 없었다.

마른 식물 냄새가 났다. 바닥에 깔려 있는 카페트, 익숙한 것이었다. 아빠가 재혼하기 전까지 우리 집 거실에 깔려 있던 인도에서 수입한 해초로 짠 카페트랑 같은 것이었다. 팔이 저리지도 빨갛게 변하지도 않았다. 웅크리고 자지 않았다는 거였다. 엄마가 돌아가신 뒤로 처음 있는 일이었다. 이상했다.

"일어났음 나올래? 나올 땐 몸 낮추고." 스미 씨의 약간 걸걸한 목소리였다.

"옛날 사람맨치로 살문 저절로 갬손해져불제." 아직 본 적 없지만 이미 익숙한 전라도 사투리였다.

움집은 몸을 숙여야만 밖으로 나갈 수 있었다. 천장도 문도 낮았기 때문에.

"바다 보물 서해림이 방가워이. 나는 응애응애 우는 애기라서 김응애여. 웃기제이? 그런디 웃기기만 항거는 아니제. 애린거시 뽀작뽀작 산 거시 기특하고 이쁘께 붙인 이름이랑께. 우리 유제 살아도 처음이제? 야그는 들었어이."

"안녕하세요."

응애 여사의 전라도 사투리는 이미 익숙해서 처음 만났다는 생각이 들지 않았다.

"우리 세시서 이러코 앙거서 밥 묵는 거시 첨이 아닝 거 맨치로이 정답네야."

'쟁희는 아직 안 들어왔나 보네.'

속으로 생각했다. 응애 여사와 스미 씨의 이야기는 끊이지 않았고 뭐가 웃긴지 웃음도 그치질 않았다. 나도 덩달아 기분이 좋았다. 응애 여사의 전라도 사투리는 피부에 스미듯 이해되는 것 같았다. 쭉 셋이서 이렇게 있으면 좋을 것 같다는 생각이 들었다.

한밤중에 깬 건 강아지의 목울대를 넘지 못하는 끽끽거리는 소리와 벽을 긁어대는 소리 때문이었다. 나는 또 거실에서 잠들었나 싶어 주위를 둘러보았다. 방 침대였다. 여기에서는 옆집 소리가 거의 들리지 않는다. 그런데 강아지 소리가 들렸다. 베란다로 나갔을 때 오히려 강아지 소리는 작아지고 욕실에서 더 크게 들려왔다. 욕실로 갔을 때, 응애 여사의 끙끙 앓는 듯한 소리가 들려왔다. 소리를 더 잘 듣기 위해 벽에 귀를 바짝 댔다.

'쟁희는 뭐하는 거지?'

나는 응애 여사랑 함께 사는 쟁희를 생각하며 다시 한번 욕실 벽에 가깝게 귀를 댔다. 강아지가 끽끽소리를 내며 욕실 벽을 긁어댔다. 똑똑한 강아지인 것 같았다. 아까는 내가 자고 있던 방 벽을 긁어대다 욕실로 옮겨오자 이번에는 욕실 벽을 긁어대고 있었다. 응애 여사의 끙끙거리는 소리가 더 또렷하게 들려왔다.

"응애 여사님! 무슨 일 있어요?"

응애 여사가 대답하는 것 같았지만 잘 들리지 않았다. 강

136

아지는 아까보다 더 빠르고 크게 끽끽거리는 소리를 내고 벽을 긁어대고 있었다. 나는 강아지가 다급한 신호를 보내고 있다는 생각을 했다. 스미 씨의 도움이 필요했다. 다급하게 103호 현관을 두드렸다.

"무슨 일이야?"

작업 중이었는지 스미씨는 장갑을 끼고 있었다.

"할머니, 응애 여사님이 다친 것 같아요."

스미 씨가 응애 여사를 부르며 101호 현관문을 두드렸다.

"아무래도 욕실에 있는 것 같아. 움직일 수 없구. 지금 쟁희, 할머니 딸 쟁희는 어디 가고 없나 봐요."

"혼자 사시는데 무슨 소리야? 베란다 확인해봐야겠다."

응애 여사 집 베란다를 확인한 스미 씨가 창문이 닫혀 있다고 말했다. 그러다 갑자기 뭔가가 생각났다는 듯 우리 집으로 들어갔다. 거실의 확장된 부분으로 가더니 101호와 맞닿은 벽을 힘껏 발로 찼다. 벽이 힘없이 뚫렸다. 비릿하고 짠 바다 냄새가 101호에서 흘러 나왔다. 집마다 주인 닮은 냄새가 나는 걸까.

단단한 콘크리트 벽이라고 생각했던 것은 얇은 베니어판이었다. 소리가 넘나들기 쉬웠던 이유를 알 수 있었다.

"원래 101호와 102호는 같은 집이었어. 벽을 뚫어서 살던 사람이 이사 가면서 다시 원상복구 됐다는 생각이 갑자기 나지 않겠니."

욕실로 가니 응애 여사가 넘어져 끙끙 앓는 소리를 내고 있었다. 응애 여사의 욕실에는 빨간색 플라스틱 통이 넘어져 있었고, 사용한 듯한 탁한 물이 파란색 플라스틱 통에 가득 담겨 있었다.

"아이고! 벤기에 아이고! 허드렛물 베리다 아이고! 자빠져 아이고!"

"이제 그냥 좀 편하게 변기 물 내리세요. 연세도 있으시면 서."

"물을 국자로 긁어씰 때도 있었당께 아이고! 아구구구!"

"아휴 속상해 죽겠네." 왠지 스미 씨 눈에 물기가 어리는 것 같았다.

나는 말없이 응애 여사에게 등을 내밀었다.

"미안, 아구구구! 듬직 아고고고! 나 죽네."

스미 씨가 차 문을 열어놓고 있었다. 스미 씨는 근처 대학 병원으로 갈 거라며 나에게 뒷정리를 부탁한다고 말했다. 스미 씨의 차가 떠난 뒤 응애 여사 집으로 갔을 때, 아주 작고 예쁜 노란색 털의 강아지가 있었다.

"네가 쟁희구나! 난 처음에 쟁희가 사람인줄 알았지 뭐니. 그런데 이렇게 예쁘고 조그마한 너였다니, 할머니도 참…."

138

강아지를 손끝으로 쓰다듬자, 강아지가 손을 핥았다. 강아지는 손끝에서부터 시작해 정성스럽게 손을 핥았다. 가슬거리는 혀의 돌기가 느껴졌다. 처음에는 간지럽던 것이 편안한 기분이 되었다. 강아지의 이런 행동은 완전한 복종의 의미라는 걸 어디에서 읽은 기억이 났다.

탁자 위에는 청동 틀로 된 액자가 놓여 있었다. 사진 속에는 젊은 여자와 까까머리 소년이 모란꽃을 배경으로 서 있었다. 두 사람은 웃고 있었다. 둘은 웃을 때 보조개가 생기는 모습이 닮아 있었다. 두 사람 사이에는 노란 털을 가진 개가 있었다. 아주 익숙한 모습이었다. 수목원에서 보았던 열일곱 살 소년 나무에 있던 사진과 비슷했다. 중년 여인도 소년도 개도 푸릇하다는 점만 빼면.

강아지가 보이지 않았다. 아무리 불러봐도, 집 안 구석구석을 찾아보아도 쟁희의 모습은 보이지 않았다. 현관문은 닫혀 있어 쟁희가 밖으로 나갔을 것 같지는 않았지만 밖으로 나와 보았다.

병원에 도착했다는 스미 씨의 전화가 왔다.

"강아지가 보이지 않아요."

"무슨 강아지를 말하는 거야?"

"응애 여사가 키우는 강아지"

"응애 여사가 강아지를 키웠어? 잘 모르겠는데."

"아마도. 이름이 쟁희인."

"물어는 볼게. 응애 여사 속옷이랑 세면도구 좀 챙겨다 줘. 속옷은 안방 서랍장에 있대."

응애 여사 집 문이 잠겨 있어 부서진 베란다 벽을 통과하여 응애 여사 집으로 들어갔다. 바다 냄새가 났다. 거기에 바다가 있는 것 같은 착각이 들었다.

두 사람에게 필요한 물건을 챙겨 병원에 갔다. 스미 씨가 의사와 이야기를 나누고 있었다. 스미 씨가 출입구로 들어서는 나를 발견했다.

"오늘 고마웠어. 다음에 볼 수 있음 또 보자, 후임!"

스미 씨가 나에게 빠른 걸음으로 걸어왔다. 그때 의사가 스미 씨를 불렀다.

"누나, 스미 누나!"

스미 씨가 뒤돌아섰다.

"자주 얼굴 좀 보여주세요. 그 예쁜 얼굴."

스미 씨가 뒤돌아서 손을 흔들고는 나에게 다가왔다. 가까이 다가 온 스미 씨 얼굴은 상기되어 있었다.

"왔니? 후임 말이, 아니 의사가 그러는데, 응애 여사는 별 탈 없대. 다행히 뼈가 아니라 근육이 놀래서 안정을 좀 취하면 될 거래."

스미 씨가 가방을 받아들며 말했다.

"쟁희는? 강아지."

강아지에 대해 물었다.

"아, 응애 여사가 묻던데. 무슨 강아지냐고."

"…'다른 시간'에서 왔었던가 봐요."

"뭐, 그럴 수도 있겠네."

스미 씨는 무슨 말이냐고 되묻지도 않고 내 말에 맞장구를 쳤다.

'엔젤 수목원 1㎞'라는 이정표가 빠르게 지나가고 얼마 뒤에 오른편에 야트막한 산이 나타났다. 엔젤 수목원 진입로가 보였다. 그곳으로 고개를 돌려 눈에 보이지 않을 때까지 바라보았다.

"진정완이 저기에 있어. 진정완으로 살았던 나의 30년이. 저기에 과거를 묻은 건, 딱히 내 과거를 부정해서는 아니고, 진정한 나를 맞아들인다고 해야 할까, 용케도 잘 살아왔다고 나를 칭찬해주고 싶었다고 할까. …알고 있었지?"

나는 고개를 끄덕거리며 말했다.

"…처음에는 두 사람인 줄 알았어요. 극과 극 패션이라서. 수목원 군인 나무가 스미 씨 나무인 거죠?"

"진정완의 마지막 모습. …나는 엄마 뱃속에서 부터도 그

걸 숨겼대. 그래서 밖으로 나오는 순간에서야 아들이란 걸 알았다지 뭐야. 부모님은 서프라이즈 같은 내 그것의 존재에 기절할 만큼 좋아했고. 또 시간이 지난 후엔 내 그것의 실종에 대해 기절을 하셨지."

장난처럼 말하는 스미 씨의 표정은 그때의 기억으로 괴로워 보였다.

"…스미라는 이름, 스미 씨랑 딱 어울려요. …어느새 스며 있거든요."

노랗고 부드러운 햇빛이 운전석에 앉아 있는 스미 씨 얼굴로 스며드는 오후였다. 창문으로 들어오는 바람과 숲의 냄새가 코끝을 간질이는 시간.

수목원에 갔을 때 퇴원을 한 응애 여사가 있었다. 응애 여사는 열일곱 살 소년 나무를 쓰다듬고 있었다.

"바다 보물 서해림이! 엄마 보러 왔는 갑네? 이리 와봐라이. 쟁희야! 이 아그는 서해림이여. 이참에 내 목심을 구했제이. 서해림이! 여그는 내 새끼 채정희여. 열닐곱. 은제나 열닐곱이제. 맴씨가 곱고 순했제."

내가 강아지 이름이라고 생각했던 쟁희는 응애 여사의 죽은 아들 이름이었다. 겨우 나보다 한 살이 많은 나이였다.

부드럽고 따뜻한 바람이 불었다.

"시방 우리 쟁희가 고맙다고 하는구먼. 놈들은 죽으면 끝난다고 하는디 나는 그르게 생각 안 하네. 죽은 사람은 여러 모냥으로 꼭 다시 온당께. 바람으로 흙으로 물로 냄새로 아주 심껏. 인자 산 사람 몫만 남은 거제. 고걸 알아보는."

아빠는 오늘도 전화를 해서 집에 오는지 물었다. 전에는 늘 핑계를 댔었는데 오늘은 진짜로 일이 있어 못가는 거였다. 스미 씨의 고고학 체험장에 가기로 했기 때문이다. 청동기시대 반달형 돌칼로 추수를 한다고 했다.

"서해림이! 가제이?"

응애 여사가 큰 소리로 말했다. 벽이 뚫려 있어 전보다 더 크게 들렸다.

스미 씨 현관문이 열렸다. 흙냄새가 쏟아져 나왔다.

"다들 준비 되셨어요? 그럼 출발할까요?"

"출발 하드라고잉."

"일찌거이 모태들 있네이."

응애 여사가 정자에 앉아 있는 할머니들을 아는 척했다.

"어머! 안녕하세요?"

그냥 목례만 하던 때와는 다르게 활기차고 자신감 넘치는 목소리로 스미 씨가 큰 소리로 인사했다. 긴 생머리를 늘어뜨리고 분위기 있는 롱스커트를 차려입은 스미 씨는 어느 때보다 예뻤다.

"아따 이쁘네 이뻐, 우리 스미. 여간 이쁘네이."

"응애 여사님! 해림아! 차 이쪽으로 가져 올게요. 여기서 기다리세요."

스미 씨가 긴 생머리를 귀 뒤로 넘기며 응애 여사와 나를 향해 손가락 하트를 연신 날렸다.

"원, 저이는 남자도 아니고 여자도 아니고 쯧쯧. 저렇게 하고 다니면 부모 속은 문드러지지 않겠어요. …쯧쯧쯧"

할머니 한 분이 말했다.

"김 여사는 자빠진 사람 헌티 손 내밀 것 아니면 신경 *꺼* 제 그렁가이."

응애 여사의 말에 그 할머니는 입을 이죽거렸다.

"저이 부모 생각하면, 쯧쯧쯧. 부모 못할 일 시킨 것이지. 멀쩡하게 아들이던 사람이 하루아침에 딸이라고 하니."

다른 할머니가 말했다.

"잘 알도 못함서 그라고 말하는 건 아니네이."

"타고난 대로 살아야지요."

다른 할머니가 말했다.

"타고난 디로 살아갈 수 있으면 그라고 살것제. 누가 그 심든 길로 가고 잡것어. 막말로 시상이 남자가 살기 좋던가 여자가 살기 좋던가이. 이녘들이 하는 말이 놈을 심들게 한다

144

는 생각은 안 해봤는가 비여. 놈 말을 할라문 최소한 알아는
봐야 할 것 아니여? 톡 까놓고 말해서, 이녘들 스미랑 말이나
제대로 해봤는가이? 그런 것도 한 번 안 해보고, 욕하면 안
된당께. 야그를 듣는다고 그 사람 맴까정 알 수는 읎다손 치
더라도 말이여."

"너는 혼자 사는 거니?"

할머니들의 관심은 스미 씨에게서 이제 나에게로 옮겨왔
다.

"아그가 원체 야물딱시라."

"아휴! 아이는 아이지요. 제대로 된 생활을 할 수 있겠어
요."

"기냥 가만히 봐주기만 하먼 되는 아그여. 절로 되는 아그
랑께."

스미 씨 차가 와서 멈췄다.

"잘들 노소이. 바쁭께 갈라네. 그라고 이녘들 걱정이나 하
소이. 처처불상이라고 우리는 까닥읎싱께."

"처처불상이 무슨 말이에요?"

"사랑하문 이 세상에 부처 아닌 것이 없다는 말이제."

응애 여사의 말을 알 것 같아 고개를 끄덕였다.

가장 먼저 누구의 입에서 나온 말인지는 몰라도 아마도 동

시에 떠오른 생각이었을 것이다. 우리는 베란다 벽을 다시 세우는 대신에 아예 허물었다. 그러곤 자주 모여 밥을 먹었다.

"얼굴 반찬 덕에 밥이 술술 넘어가네. 맴도 통실해지고잉."

응애 여사가 말했다.

"얼굴 반찬이요?"

"스미랑 해림이 얼굴이 맛난 반찬이 된다는 말이제."

응애 여사의 말을 알 것 같아 고개를 끄덕였다.

우리는 밤마다 소리가 넘나드는 그곳에 누워 이야기를 나눴다. 얼굴을 보지 않고도 소리만으로도 누군가의 기분과 표정을 알 수 있다는 것은 특별한 느낌이었다. 엄마의 존재처럼 말이다.

"응애 여사님 무슨 슬픈 꿈 꾸셨어요?"

오늘 새벽에는 응애 여사 우는 소리에 잠을 깼었다.

"슬프제. 딱 항 개 슬픈 거시 있제. 근디 오늘은 좋아서 울었제."

스미 씨도 나도 응애 여사가 말하기를 기다렸다.

"우리 쟁희가 에미 손을 꼭 잡아줬당께. 오널은 우슴서 손까정 흔들고 가등만. 지도 에미가 맴에 매쳤능가. 좋은 유제들 만나서 한시름 놨다 하는 표정이등만. 칭구 찾아서 같이 좋은 디서 있다고. 아그 표정이 세상 행복해 보이더랑께. 내 자석이 행복항 거 같응께 고걸로 된 거제."

146

"응애 여사님 처음 만났을 때 생각나요. 수목원에서. 그때는 수술 초라 모든 것이 어색했을 때인데. 이뻐네! 이뻐! 하셨잖아요. 그때 처음으로 말 걸어주셨어요. 아파트에서는 몇 번 부딪쳤는데도 아는 척하시지 않았잖아요."

"다들 수군거렸제. 아무리 봐도 남자라고 말이여. 유제 사는 나헌티 알아보라고들 하덩만. 그냥 일갈했제. 고것이 사실이든 아니든 피해본 거 있냐고잉."

"궁금하지 않으셨어요?"

내가 물었다.

"궁금하기야 했제만 내가 알고 자픈 거시 숭볼라고 그런거시등만. 사람이 그라면 안 되는 거시제. 말하는 사람은 진심이제만 듣는 사람이 고것이 진심이 아니라고 생각해불면 안 믿제. 애간장 타들어가도록 말해도 안 믿어. 그런 시상은 치가 떨린당께. …그 의사 선상 쓸 만하등만. 내가 한 사십 살만 젊었어도."

"응애 여사님도 누굴 좋아한다고요? 늙으셨잖아요."

내가 놀라 물었다. 나이 든 사람이 사랑을 할 거라고는 생각하지 않았기 때문에.

"늙은이도 사람이여. 주근 거 아니면 그런 중헌 감정을 잊어불지는 않제. 또 모르제 죽는다고 끝날 성싶지도 않고 말이여이."

"그 의사 아저씨 좋아하신다고요?"

"좋아는 하제만."

"그런 사람을 좋아하지 않을 사람이 있겠어."

스미 씨가 한숨을 내놓으며 말했다.

"그럼 스미 씨도 그 아저씨 좋아해요?"

"어떻게 내가 그런 생각을 하겠어."

"우잉! 뭔 말이여 지금. 근래에 들어본 말 중에 기중 가슴 무너지는 말인디. 이녘 숭이라고 생각하는 것이 남헌티도 다 숭이 되는 거슨 아니덩만. 그래서 말인디, 내가 그 의사선생을 스미한테 양보할라고."

"의사 아저씨 마음은요?"

"스미가 이쁘디야. 그 의사 선생 말이. 고것이 마음 아니것써이. 맴이 있어야, 이쁘게 뵈는 벱이여."

응애 여사의 사투리는 더 이상 해독 불가능하지 않다. 그냥 저절로 알아지는 것 같았다. 응애 여사 말대로 '처처불상'이면.

이제 101, 102, 103호에서는 비슷한 냄새가 난다. 냄새는 서로의 마음에 스민다.

우리들의 우리들

집 안은 화재 현장 같았다. 잠시도 쉬지 않고 경보음이 울리고 있었고, 싱크대 천장에 있는 가스 감지기에는 수건을 감아 덕지덕지 청 테이프가 붙여져 있었다. 경보음을 이런 식으로 멈출 수 있다고 생각하다니 엄마다웠다.

가스 감지기 오작동이었다. 경보음 정지 버튼을 눌렀다. 경보음이 사라지자 집 안은 화재 진압 후의 폐허처럼 진이 빠져 폭삭 주저앉은 느낌이 들었다.

이런 난리에도 냉장고에 붙은 형광 분홍색 포스트잇은 빛을 내고 있었다. 하트 모양의 포스트잇은 오늘 따라 혀를 쑥 내밀어 날 놀리고 있는 것 같았다.

포스트잇은 내가 글씨를 읽고 쓰기가 가능했던 유치원 때부터 사용하고 있는 엄마와 나의 의사소통 방식이다. 이 방법은 지금도 어떤 면에서는 꽤 쓸모가 있다. 포스트잇에는 주로 엄마의 지시 사항이 있고 나는 그것을 실행한 결과를 충실히 보고하고 있다. 엄마는 여전히 2G폰을 사용한다. 이유는 간단하다. 엄마는 심한 기계치여서 스마트한 폰을 싫어한다. 게다가 자기는 병원에서도 이미 넘칠 만큼 전자파에 노출되어 있는 사람이며, 기계에 쩔쩔매는 것이 무능함의 척도가 되는 것에 도무지 찬성할 수 없다는 것이다.

"어떤 맛이 좋아요? 팝콘은." 옆에서 혼자 과자를 고르던 아저씨가 말했다. 대부분은 그 사람이 블루투스 이어폰으로 누군가와 통화를 하고 있다는 것을 알았겠지만, 엄마는 아저씨가 자기에게 물어보는 줄 알고서 "달달한 맛이 최고죠." 이렇게 말한 뒤 과자를 집어 아저씨에게 준 뒤 자리를 뜬다. 황당해하는 아저씨 앞에서 무안함은 나의 몫이다.

엄마는 애인과 딸, 돈이 있는 간호사이고 나는 아빠도 없고 애인도 없고 돈도 없는 고딩이다.

"넌 너무 부정적이야. 자기가 가진 걸 봐야지. 나처럼." 엄마는 자기가 가진 것이 많고 내가 없는 것은 단순한 시각차와 시간차 때문이라고 말한다.

"시각차는 알겠는데 시간차는 영 모르겠는데."

"쉽게 말해 시각차는 사용자 잘못이 있는 거고 시간차는

152

없는 거지. 시간이 흐르면 가지게 되는 것들도 많으니까."

엄마 말대로 아주 쉬운 설명인 줄은 모르겠지만, 열정적인 설명인 것은 분명하다. 엄마가 침을 튀기며 말했으니까.

내가 태어나보니 아빠는 없었지만, 엄마는 경제력이 빵빵한 주임 간호사였다. 엄마는 삼교대 근무라 출·퇴근 시간이 늘 불규칙하다. 그래서 엄마와 나는 얼굴을 보고 이야기할 시간이 많지 않다.

달지 않은 과일 먹고 시포. 김치 냄새 어떻게 좀 해봐. 섬유 유연제 전에 쓰던 것이 나은 듯. 할 얘기 있는데 너 금방 올 거니까 그냥 간다.

학교에 가기 전에 엄마 방문을 열어보았다. 세상 어느 고딩이 등교 시간에 엄마 방문을 열어보겠는가? 내가 그렇다. 엄마가 자고 있었다. 오늘은 엄마가 들어오는 소리도 듣지 못했다. 늦은 시간까지 지함 만들기 미술 수행평가를 했다. 세상 어느 고딩이 밤새 수행평가를 하냐고? 내가 그렇다.

진짜 엄마는 정신력 갑이야. 경보음 무시하고 출근이 가능해? 세상에 달지 않은 과일이 있기나 한 거야? 그래서 그냥 토

마토 샀어. 엄마 최애 메뉴 김치는 뭔 죄? 세 겹으로 비닐 씌웠어. 그래도 냉장고에 밴 냄새는 어쩔 수가 없네. 섬유 유연제는 바꾼 지 1년도 더 지났거든. 이제 와서 웬 호들갑?? 달나라 토끼 장바구니에 건초 담아놨어. 결제해줘. 용돈도 부탁해. 이번 달에는 승재 생일 있으니까. 조금 더 주면 안 되나?

몸도 기분도 이상해. 토끼 건초 결제. 용돈 만 원+보검이 화장품은 승재 선물, 우리 보검이 점안액은 내 소장템.

엄마는 배우 박보검 덕후다. '우리 보검이'가 모델인 상품은 딱히 필요가 없어도 사고 본다. 눈도 쌩쌩한 엄마한테 점안액이 왜 필요한지 모르겠다. 엄마의 우리 보검이가 자기계발에 시간과 돈을 쓰면 좋겠다는 말을 했다고 엄마는 당장에 중국어 공부도 시작했다. 우리 보검이가 출산 장려 홍보를 하지 않아 다행이다. 만약 그렇게 된다면 엄마는 아이도 더 낳을 사람이다. 나를 덜컥 세상에 내놓은 걸 보면.

기분은 어때? 나 오늘 승재 만나. 승재도 엄마의 보검이를 좋아하니까 보나마나 선물은 마음에 들어 할 거야. 지금은 엄마가 잠든 것 같아 깨우지 않고 그냥 나가. 오늘은 내 저녁 준비 필요 없을 것 같아. 승재랑 먹기로 했어.

기분은 그럭저럭. 두드러기 올라옴. 셔츠 다림질.

엄마는 자기가 묵은 옷 알레르기라는 사실을 아예 잊어버린 것 같다. 묵혀둔 옷은 꼭 새로 빨아서 입어야 하는데. 다림질은 완전 내 몫이 되었다. 세탁소 비용을 챙기기 위해 자청한 일이기는 하지만.

두드러기는 좀 나았어? 엄마 세탁물 알레르기잖아. 셔츠 단추 새로 달았어. 제발 떨어진 단추는 주머니에 넣어줘. 같은 단추 구하기 힘들단 말이야.

현관문 비밀번호 누르는 소리가 들렸다. 엄마였다. 엄마 얼굴이 까칠했다. 엄마는 피곤한지 옷도 벗지 않은 채 삼인용 소파에 길게 누웠다.

"나이트 근무 아니었어? 어디 아파?"

"아니."

"얼굴도 까칠한 거 같은데?"

"나, 임신한 거 같아."

"설마 엄마의 우리 보검이가 출산 장려 홍보라도 맡았어? 그래서 마음으로라도 뭐 동참 이런 거 하려는 거지?"

"아니. 장난 아니야. 임신했다고."

엄마의 볼이 붉게 물들었다. 대책 없는 웃음도 보였다. 엄마에게 임신은 그다지 나쁜 소식은 아닌 것 같았다. 맙소사! 오히려 좋아하는 것 같다.

"엄마 늙었잖아?"

"나 충분히 젊어. 겨우 인생 반 살았을 뿐인데."

"엄마! 돌았, 아니 아파? 머리?"

"지극히 정상."

"어쩌다가? 엄마 꽉 찬 오십이야. 엄마 생각은 하고 살아? 그런 문제만이 아니라… 병원 갈 거지?"

아무런 말없이 나를 바라보는 엄마의 눈빛에 고개를 숙이고 말았다. 엄마는 누가 뭐래도 아이를 낳을 것이라는 걸 알 수 있었다. 방정맞은 생각을 한 내가 원망스럽다.

"은푸른하늘! 이런 건 문제가 아니라 소신이라고 하는 거지."

굳었던 얼굴에 웃음기를 띠며 엄마가 말했다.

"엄마의 소신이라는 거 나 하나로도 충분하지 않아?"

"됐어. 나중에 다시 이야기해. 지금은 말하고 싶지 않아."

"엄마는 정말 이상해!"

집 전화가 울렸다. 산적 아니면 여론조사일 것이다. 징징거리는 엄마 목소리로 보아 산적임이 분명했다.

산적은 엄마의 애인이다. 앞으로 태어날 내 동생에게 디엔에이를 물려준 사람이라는 소리다. 엄마가 처음 산적을 소개했을 때 나는 한 가지 약속을 받아냈다. 두 사람이 사귀는 것에는 반대하지 않는다. 하지만 우리 집에서 나랑 부딪치는 일은 없었으면 좋겠다고.

"응, 응, 걱정할 정도는 아닌 것 같아."

엄마가 나를 잠깐 보고는 태연하게 말했다. 산적이 내 반응을 궁금해한것 같았다.

'걱정할 정도는 아니라굽쇼? 내 앞에 있었음 한 대 치고 싶은 기분이걸랑요.'

나는 후회하고 있었다. 산적에게 아기는 절대 만들지 않겠다는 약속을 했어야 했다. 엄마의 임신은 어른의 사랑에 대한 나의 무지와 나이는 숫자일 뿐이라는 말을 무시한 벌이라는 생각이 들었다.

"산적이랑 결혼하든가."

"너 모르지? 연애가 얼마나 좋은지."

여전히 엄마는 내 마음을 모른다. 엄마는 혼자서 나를 낳은 것을 한 번도 후회한 적이 없다고 말한다. '내가 언제 낳아달라고 부탁했었나??? 자기는 선택이라도 했지.'

갑자기 엄마가 욕실을 향하여 뛰었다. 구역질을 하는 것 같았다.

나는 현관에 서서 큰 소리로 말했다.

"미친 짓이야! 진짜 미친 거라고. 미치지 않고서야…."

"야! 은푸른하늘! 너 거기 딱 서. 엄마한테 미친년이라고?"

"내가 언제 미친년이라고 했다고 그래? 미친년이 아니라…."

실내화가 날아들었다. 나는 재빨리 문을 열고 나와버렸다.

엄마의 이런 횡포에도 참아내는 것이 나 은푸른하늘이다. 세상 어느 고딩이 이런 엄마를 견딜 수 있겠냐고.

언제인가 텔레비전 드라마에서 어린아이에게 엄마가 좋아? 아빠가 좋아? 라는 질문을 하는 장면을 보았다. 질문을 받은 아이는 곤란한 표정을 지었다. 그때 엄마가 말했다.

"야! 푸른하늘·너는 고민할 필요 없어 좋지?"

틀린 말은 아니지만, 나는 그 아이의 머뭇거림과 대답을 듣고 실망하는 아빠의 모습이 몹시 부러웠다.

엄마는 '우리들' 회원이다. 멤버들은 다양하다. 트랜스젠더, 동성애자, 싱글인 사람에, 싱글 맘과 싱글 파파, 비혼모와 비혼부도 있었다. 나는 '우리들'에서 한 때는 모두의 아기였고, 초딩이었고, 중딩이었고, 지금은 고딩이다.

그 안에서 난 행복한 아이였다. 그 안에서만. 그곳을 벗어나면 나는 늘 누군가의 눈치를 살피고 의젓한 척 애쓰고 살았던 것 같다. 이것은 지금도 마찬가지다.

승재가 아르바이트를 하는 '우리들' 헌책방에 들렀다. '우리들' 헌책방은 사라 이모가 하는 책방이다. 내가 헌책방에 도착했을 때는 승재가 아닌 사라 이모가 카운터에 있다가 나를 반갑게 맞았다.

"푸하! 기분 안 좋아?"

"고딩이 기분 좋을 리 있겠어?"

"하긴. 기분 좋은 고딩은 좀체 보기 힘들지."

사라 이모는 아직 엄마의 임신 소식을 모르는 것 같았다. 이모는 엄마와 나에 대해서는 모르는 것이 거의 없다. 이런 이모가 아직 엄마의 임신 소식을 모른다면 어쩌면 엄마 마음이 바뀔 수도 있겠다는 생각이 들었다. 사라 이모에게 엄마가 임신했다는 말을 하지 않기로 했다.

"아참! 이 책 승재가 너 주려고 빼놓은 거야."

사라 이모가 건넨 책은 진초록색 하드 표지에 금성 복검리 성촌 고분 발굴 보고서라고 쓰여 있었다.

"푸하가 발굴 그런 거에 관심이 있는 줄 몰랐네. 하긴 넌 유독 모래 놀이를 좋아하긴 했어."

"이런 무논리 엄마랑 똑같아. 모래 놀이랑 고고학이랑 무슨 상관이냐고요?"

"모래 놀이도 삽질, 고고학 그것도 삽질 엄청 하던데. 이 모자가 나아? 아님 이 모자?"

사라 이모는 언뜻 봐서는 똑같아 보이는 색깔도 디자인도 비슷한 모자를 번갈아 써 보이며 물었다.

"둘 다 괜찮음."

"잘 봐봐! 조금이라도 나은 거?"

"둘 다 예쁘다니깐. 이모 바쁘지 않아?"

"맞다."

사라 이모가 목에 화려한 스카프를 두르며 말했다.

"데이트 잘 하시고요."

"어머! 어떻게 알았어?"

"이렇게 요란요란한데 모르기가 더 어렵지."

"나, 진짜 간다."

사라 이모가 나가고 바로 엄마에게 전화가 왔다. 받지 않았다. 발굴 보고서 첫 장을 넘기는데 연달아 엄마 전화다. 이번에도 받지 않았다. 그러자 다급했는지 엄마가 잘 하지도 않는 문자 메시지를 보냈다.

걱정되지도 않니? 엄마는 스트레스에 취약한 나이야.

"나이 생각하시는 분이 그런 일을 또 저지르셨나?"

내 기분 너는 이해 못 해.

"당연하지, 경험이 있어야 말이지. 은하수 씨! 모솔 고딩한 테 이해를 바라는 엄마를 이해할 수 없네요."

지금이라도 연락하면 다 용서할게.

"누가 보면 내가 문제 일으킨 줄 알겠어. 정말 어이없네."

엄마는 늘 이런 식이다. 정작 잘못은 자기가 해놓고 내 잘못으로 만들어버리는 재주를 가졌다.

어쩌면 내 동생이 될 아이는 나보다는 형편이 나은 편이라는 생각이 들었다. 태어나면 아빠라는 실체는 있을 테니까. 엄마가 나에게 유전자를 전해준 사람이 자기와는 안 맞았을 뿐 썩 괜찮은 사람이었다는 말을 했지만, 나의 상상은 자주 불안한 결말로 이어졌다. 온갖 종류의 나쁜 사람.

아기는 선물이야. 이렇게 큰 선물 이 나이에 받는 사람 흔치 않다.

나는 더 이상 참지 못하고 버럭 답장을 해버렸다. 이번에도 엄마에게 말린 거다. 실수를 통해 배우지 못하는 것도 엄마에게서 유전된 거라는 생각이 들었다.

나 낳아서 좋기만 해? 비혼이 떠벌리고 다닐 만큼 자랑스러운 일도 아니잖아.

나는 처음에 미혼이라고 썼다가 비혼이라고 수정했다. 엄마는 기어코 미혼이 아니라 비혼이라는 단어가 맞다고 할 것이 뻔했기 때문이었다.

내 삶에 대해 한 번도 부끄럽다고 생각해본 적 없어. 내 선택을 후회한 적도 없고.
남들은 그렇게 생각 안 해.

메시지 전송을 하지 않았다. 엄마가 이렇게 나오면 더 이상할 말이 없다.

초등학교 2학년 때 참관 수업에 엄마 대신 '우리들' 회원인 사라 이모가 왔다. 사라 이모는 트랜스젠더였지만, 그때의 나는 그게 무엇을 뜻하는지는 어렴풋하게만 알고 있을 뿐이었다. 나는 힘이 세 한 손으로 비행기를 태울 수 있는 사라 이모가 무척이나 자랑스럽고 좋았다. 그런데 엄마들이 사라 이모를 힐끔거리면서 자기들끼리 수군댄다는 것을 알았다. 그 눈빛들이 호의적이지 않다는 것도. 수업이 끝나고 사라 이모랑 손을 잡고 복도를 걸을 때였다.

"어머! 그건가 봐?"

"요상하고 징그러워."

나는 사라 이모 손에서 슬그머니 손을 뺐다. 사라 이모가 말했다.

"나, 화장실 좀 다녀올게."

사라 이모는 최대한 가늘고 작은 소리로 소곤거렸다. 그럼에도 사라 이모 목소리는 굵고 낮았다. 사라 이모가 여자 화장실로 들어갈 때였다.

"저 사람 남자 아니야? 여자 화장실은 왜 들어간대?"

"우리 사라 이모는 여자예요. 곰돌이 도시락도 만들 수 있는데. 사라 이모는 힘이 엄청 세요. 한 손으로 비행기 태워줄 수도 있어요. 또 음…."

"그래? 넌 참 좋겠구나. 삼촌 아니 힘센 이모가 있어서."

아줌마가 억지웃음을 짓고 있다는 것을 알 수 있었다. 옆에 있던 아줌마가 귓속말로 뭔가를 말했지만 내 귀에도 잘 들렸다.

"쟤가 개야?"

"그러게 쟤 엄마는 미혼모래. 이모라는 사람은 남자인지, 여자인지…."

엄마들은 작은 목소리로 소곤거렸지만, 아이들 귀에는 그런 말이 더 잘 들리는 법이다.

"미혼모가 뭐야?"

아이 중 누군가가 물었다. 아이들은 돌려 묻지도 소곤거리지도 않는다.

엄마들은 머뭇거리며 말을 하지 않고 있었다.

"아빠가 버렸지. 푸른하늘은 쓰레기래요! 쓰레기래요!"

주변에 있던 아이들이 한 목소리로 노래를 불렀다.

'버려졌어. 쓰레기처럼.'

아랫도리가 뜨뜻한 액체에 젖어들고 있다는 것을 알았다. 액체는 팬티를 적시고 허벅지를 타고 바닥으로 떨어져 내렸다. 축축해진 아랫도리는 금방 차가워졌다.

"푸른하늘 오줌 쌌대요. 오줌 쌌대요."

아이들이 또 노래를 불렀다. 엄마들은 어쩔 줄 몰라 하며 서로 얼굴만 쳐다보고 있었다.

그때 사라 이모가 화장실에서 나왔다. 다리가 긴 사라 이모는 몇 걸음 만에 다가와 기다랗고 튼튼한 팔로 나를 감싸 옆구리에 끼우며 차분한 목소리로 말했다.

"어른이잖아요."

눈을 감고 있었어도 어둡고 축축했던 그곳을 벗어났다는 걸 알았다. 따뜻한 햇볕과 바람을 느끼며 양팔을 벌려 비행기가 되었다. 버려졌다는 것도 오줌을 쌌다는 것도 금방 잊어버렸다.

다른 사람 말고 너는?

엄마는 이번에는 '비혼이 나쁜 건 아니야. 그것을 나쁘게 보는 사람들이 문제지'라는 단골 멘트를 잊어버렸나 보다.

내가 답이 없자 답답했는지 엄마가 전화를 했다. 전화를 받자마자 흥분한 엄마 목소리가 들렸다.

"설마 너도 여태 그렇게 생각했어? 엄마가 부끄러웠던 거냐고?"

나는 또 대답을 못했다. 남들과는 다른 엄마를 가진 나는 늘 동정과 경계의 대상이었다. 그런 시선들 속에서 나는 아이인 적이 없었다. 엄마의 일을 덜어주는, 이해심 많은, 신중한. 남들은 여기에 공통적으로 '아이답지 않게'라는 말을 덧붙였다. 하지만 나는 빈틈이 많은 엄마 탓에 스스로 나를 챙길 수밖에 없었고, 남들이 나를 나쁘게 볼까 봐 이해하는 척했다. 신중한 것이 아니라 자신감이 없어 망설였을 뿐이었다.

"대답 안 할 거야?"

"아무도 미운 오리 새끼는 되고 싶지 않을걸."

'나처럼'이라는 말은 할 수 없었다.

"미운 오리 새끼가 어떻게 끝나는지 잊었니? 오리인 줄 알았더니 백조여서 행복해진 이야기잖아."

"오리보다 백조가 행복하다는 이야기가 아니잖아. 환영을 받는 존재인가 아닌가의 이야기지."

"깜놀!!! 그게 그런 이야기였어? 하지만 모두들 너를 온몸, 온마음으로 환영했어."

"어련하시겠어. 그만 끊어."

엄마는 자신의 소신이 나에게는 결코 달달하지만은 않았다는 것을 여태 모르는 것 같다.

아직 할 말이 남아 있는지 엄마가 또 전화를 했다. 받지 않았다.

"나이 생각은 안 하나… 아, 몰라, 몰라"

"뭘 모르겠다고. 사라 이모는 벌써 가셨어?"

승재였다. 많은 사람들이 승재와 나 사이를 사귀는 사이쯤으로 이해했다. 하지만, 불가능하다. 왜냐하면 승재는 남자를 좋아하기 때문이다.

"남자는 꼭 여자를 좋아해야 하는 건 아니야. 사랑하는 대상은 자기가 결정하는 거지. 그게 자기랑 동성일 수도 이성일 수도 있지."

엄마가 예전에 했던 말이다.

"나가 죽어!"

승재가 부모님에게 자기의 정체성을 밝혔을 때 했다는 말이다. 그래서 승재는 죽지는 않고 집에서 쫓겨났다.

휴대폰이 또 울렸다. 엄마였다. 소리를 죽였다.

"누군데? 고민 있어?"

승재가 물었다.

"별로."

"그런데 종이를 그렇게 뚫어놨어?"

볼펜으로 얼마나 문질러댔는지 종이가 까맣다 못해 구멍이 뚫려 너덜거렸다.

"스토커냐?"

승재는 내가 초조하거나 고민이 있을 때 하는 행동을 알고 있었다.

"스토커는 무슨, 은하수 씨!"

"이모님이 왜?"

"가출이라도 해버릴까?"

"가출은 할 게 못 돼."

"너는 했잖아?"

"나는 강퇴지. 내가 원한 건 아니니까…."

승재가 말끝을 흐렸다.

"은하수씨 때문에 미치겠어."

"왜?"

나는 생각하기도 싫다는 듯 고개를 가로저었다.

"이 달 데이터는 이미 바닥. 와이파이도 끌게."

승재는 안테나를 접어 넣는 시늉을 했다.

"있잖아."

내가 말을 걸자 승재가 금방 웃으며 머릿속에서 안테나를 꺼내는 시늉을 하며 말했다.

"와이파이 빵빵해."

"은하수씨는 나이가 너무 많지. 그리고 음, 조건도 별로야."

"이모님이 나이가 많으면 안 되는 상황이라도 벌어진 거야?"

"아이를 낳겠대."

승재도 엄마의 임신 소식은 충격인 것 같았다.

"이모님은 지금껏 잘해왔잖아. 뭘 걱정하는 거야?"

나는 할 말이 없었다. 따지고 보면 내가 화내거나 걱정할 일은 아닐지도 모른다. 그저 태어날 동생이 부끄러울 뿐일지도.

"책임감이라곤 없어. 자기한테는 소신이지만 나는, 나는 뭐냐고. 난 안중에도 없다니까."

"우리 엄마는 말이야. 나가 죽어버리라고 말했어. 그런데 서운하거나 하지 않더라. 엄마가 자기 목숨을 걸어서 내가 있는 거니까 이해가 되더라. 지금 네가 걱정할 건 이모님 건강뿐일 것 같은데."

나는 생각지도 못한 엄마의 건강을 염려하는 승재 말에 잠깐 얼굴이 뜨거워졌다.

나와 엄마가 승재를 알 게 된 건 중 2 가을이었다.

우리 집은 아파트 일 층이다.

"쟤들 뭐하는 거 같니?"

창으로 밖을 보던 엄마가 말했다.

"벤치에서 중학생들 담배 피워."

나는 텔레비전을 보다 건성으로 대답했다. 텔레비전에서는 내가 좋아하는 '세계 여행보고서' 라는 프로그램을 하고 있었다.

"어라! 담배 나눠 피우는 정다운 풍경은 아닌 것 같은데."

"가끔 쌈박질도 해."

"일대일이 아닌데."

엄마가 창문을 밀 때 소리쳤다.

"엄마! 잠깐! 요새 세상이 얼마나 무서운데 아는 척하려고."

"더러운 새끼! 아, 씨! 토 쏠려!"

조금 열린 창문으로 소리가 들려왔다.

"이 게이 새끼들은 냄새도 존나 구려."

"정신병자 새끼. 꼴에 남의 여친 인터셉트 했다더라."

한 명이 바닥에 쓰러져 있었고 그 주위를 둘러싼 남자 셋의 등이 보였다.

"이 게이 새끼가 뭘 쳐다봐. 니가 보면 뭘 어쩔 건데?"

"어쩌라고!"

"죽으라고!"

"어쩌라고!"

"죽으라고! 죽으라고! 죽으라고!"

"그래. 죽어줄게."

"누가 쓰러진 것 같은데."

쓰러져 있는 사람이 얼굴을 돌렸다. 같은 반 김승재. 말 한 마디 건넨 적 없었지만, 나는 승재를 알고 있었다. 조용한 아이. 학년 초부터 남자 영어 선생님이 '시씨'라는 별명을 붙여준 아이. 영어 선생님은 시씨는 계집애같은 남자를 가리킨다는 설명을 덧붙이고 이름 대신 승재를 시씨라 불렀다. 그렇게 승재는 아이들 사이에서 시씨가 되었고 더러운 게이 새끼가 되어 있었다.

"쟤, 우리 반 같은데."

작게 중얼거렸다.

"빨리 치고 빠져! 게이 전염돼."

어떤 아이가 좀비 흉내를 내며 말했다.

"저런 나쁜 놈들!"

엄마가 창문을 더 열려고 했다.

"엄마! 우리 이사 온 이유 잊었어?"

엄마에게 담배 피우지 말라는 훈계를 들은 중딩들은 끈질기게 보복을 했다. 문이 열려 있는 거실로 쓰레기를 던져 넣었고 불붙은 담배꽁초까지 던졌다. 시도 때도 없이 초인종을 누르고 인터폰 화면에 가운뎃손가락을 세우고 사라졌다.

엄마가 머뭇거렸다.

"잠깐! 기다려봐. 이게 효과가 있을지는 모르겠지만."

휴대폰에서 경찰 사이렌 소리를 틀었다. 호신용으로 깔아둔 앱이었다. 아이들이 멈칫했다.

"무슨 일이야? 무슨 큰일이 났나 보네."

엄마가 큰 소리로 말하면서 창문을 있는 힘껏 열었다. 사이렌 소리 때문인지 여기저기에서 창문 열리는 소리가 들렸다.

"야! 튀어!"

아이들이 도망치는 걸 본 엄마는 재빨리 밖으로 나가 승재를 부축해서 들어왔다.

승재의 몰골은 처참했다. 현관에서 머뭇거리며 서 있는 승재에게 엄마가 말했다.

"둘이 친구라며? 친구 집인데 뭘 그렇게 망설여? 들어가."

승재가 좀 놀란 듯 나를 쳐다봤다.

"…같은 반이라고 했지."

내가 중얼거리자 엄마가 또 말했다.

"그게 그거지."

엄마가 승재의 찢어진 입가와 눈가를 닦아내며 말했다.

"깊지는 않네. 꿰맬 정도는 아니고. 그런데 왜 맞은 거야?"

엄마는 늘 이런 식이다. 나는 엄마의 옆구리를 살짝 꼬집었다.

"사랑은 쟁취라고도 하는데, 남의 사랑을 빼앗는 건 좀 쪽
팔리지 않냐?"

"그런 일 없어요. 걔들 핑계예요. 날 때리려고."

승재가 단호하게 말했다. 의외의 모습이었다.

"그럼 왜 아니라고 하지?"

엄마가 태평스럽게 물었다.

"모르는 척하시는 거예요?"

"아! 게이? 그냥 누군가를 사랑하는 거잖아. 쓰으읍! 하!"
이건 엄마가 눈물을 참을 때 내는 소리였다. 곧 이유를 알았
다.

텔레비전에서 열여덟 살 나이에 셋째 아이를 낳다 죽은 바
자우족 여인의 장례가 치러지고 있었다. 배에서 태어났고 배
에서 살았고 배에서 죽었다. 마지막도 배에 실려 그들 조상
들이 돌아간 그 바다로 돌아갔다. 남겨진 어린 자식들 눈에
선 눈물이 쉴 새 없이 흐르고 있었다.

"절대로 죽지 마. 세상 엄마들은 다 자기 목숨을 걸고 출산
한 거야."

엄마 목소리가 좀 이상했다.

"쫄지 마! 맞지도 말고. 즐겁고 행복한 게이가 되면 그걸로
충분해."

172

엄마가 낮고 단호하게 말하자 승재가 컥! 하는 소리를 내며 울기 시작했다.

승재의 휴대폰이 울렸다. 승재가 휴대폰 화면을 보여주었다. '이모님.' 엄마였다.

"하이 승재!"

"네, 이모님!"

"오늘 푸른하늘, 우중충하지? 네가 위로 좀 해주라."

엄마의 목소리는 얼마나 힘이 넘치는지 직접 통화를 하는 것처럼 옆에서도 다 들렸다.

"네, 이모님. 잘 타일러 보낼게요. 마음 놓으세요. 그리고 축하드려요."

"그새 일러바쳤네. 기집애. 고마워. 쑥스럽다야!"

엄마가 나에게 임신 사실을 말했을 때의 복숭아빛 볼이 생각났다.

"부끄러운 줄도 몰라."

내가 중얼거리자 승재는 조용히 하라는 듯 입에 검지를 갖다 댔다.

"푸른하늘 말만 그래요. 이모님 걱정 엄청 해요."

"그래? 그럼 그렇다고 사실대로 말하면 좀 좋아? 다음에 보자."

"이모님 파이팅! 몸 잘 챙기시구요."

"그것 봐! 그것 봐! 자기가 한 일은 생각지도 않고 해맑아! 해맑아!"

"…부러워. 이모님이랑 너는 서로 숨기는 게 없잖아."

"뭐래? 너도 당해보면 알 거야. 그 고통분담이라는 거 쉽지 않다."

"그런가?"

"근데 쟤 우연이라고 하기에는 너무 자주 눈에 띄는데?"

나는 서점 안을 기웃거리는 유리창 너머의 남학생을 턱짓으로 가리켰다.

"모르겠어."

"뭘?"

승재가 입을 오물거렸다. 승재의 거짓말 징후였다.

"너도 알고 있었지? 계속 네 주위를 맴도는 거 말이야."

"아, 아니."

승재가 또 입을 오물거렸다.

"아니면 그 입을 가만히 좀 놔두든지. 관심 있는 거지?"

"아니면, 아니면 어떡…"

"김승재 롤 모델 사라 이모가 말했지. 두근거린다면 무조건 직진이라고."

그동안 승재는 한 번 고백을 했고 한 번 고백을 받았다. 승재가 고백했던 상대는 욕을 하며 꺼지라고 했고, 고백을 해온 상대에게는 가슴이 두근거리지 않는다고 했다.

"막힌 길 직진하면 뭐해. 끝만 가깝지."

말은 이렇게 했지만, 승재는 밖의 그 아이에게 이미 정신이 팔려 있었다. 이런 순간이 오면 즐거운 게이가 되기로 한 승재는 브레이크를 밟지 않는다는 것을 안다.

"잘해보라구 친구!"

나는 승재의 등짝을 후려쳤다. 시원섭섭했다. 엄마에게 메시지가 왔다.

푸른하늘! 너 무례해. 내가 선택한 삶이야.

"누가 뭐랬나? 괜히 혼자 예민해서는…."

어느새 변명을 하고 있는 나를 발견했다.

계란 비려서 싫어. 치즈 너무 짜서 싫어. 단 과일 너무 싫어.

임신한 뒤로 엄마는 싫은 것만 잔뜩 생긴 것 같다.

"뭐래? 밥투정 하는 어린애도 아니고."

포스트잇을 떼어냈다. 두 겹이었다.

"임신하더니 요구 사항도 두 명 몫인 건가요?"

첫 번째 포스트잇을 떼어냈다.

그 밤 너는 나에게 왔어.

그냥 알 수 있었어. 생명은 강하니까.

이질감이 느껴지는 엄마의 글. 가슴이 조금 빨리 뛰었고 약간의 열이 나는 것 같았다.

"뭐래?"

통통거리는 소리가 났다. 익숙한 소리다. 토끼가 뭔가 불만이 있을 때 하는 행동, 토끼가 거실을 활보하고 있었다. 엄마가 토끼에게 당근을 나눠주는 온정을 베풀고 난 뒤 베란다 문을 제대로 닫지 않은 것이다. 토끼는 거실을 다섯 바퀴쯤 돌았고, 나에게 뒷발질을 세 번인가 했고 내 손가락을 한 번 물고서야 울타리 안으로 밀려들어갔다. 굴러다니는 토끼 똥 정리는 내 몫이었다.

"그럼 그렇지. 엄마 하는 일이 다 이렇지 뭐."

중얼거리며 라임색 포스트잇을 보관통에 넣었다. 언젠가 엄마는 모아진 포스트잇 뭉치를 보면서 말했다.

'혹시라도 책으로 낼 수 있지 않을까?'

'별 볼 일 없는 내용뿐인데 어렵지.'

'넌 너무 부정적이야.'

'엄만 너무 대책 없어.'

'이럴 땐 긍정적이라고 하는 거야.'

"혼자만 파라다이스면 뭐합니까? 은하수 씨!"

식탁에 김치볶음밥이 있었다. 반숙 계란이 올라가 있어 먹음직스럽게 보였다. 한 달 내내 김치볶음밥만 먹었던 적이 있을 정도로 좋아하는 음식이지만, 엄마가 임신한 뒤로는 한 번도 먹을 수 없었다. 그동안 엄마는 김치 냉장고 근처에도 가지 않을 정도로 김치 냄새를 역겨워했다. 장바구니를 챙겨들었다. 엄마가 지시한 미션을 수행하기 위해서.

저번 치즈 특별히 짜지 않은 치즈였거든. 베란다 문은 꼭 닫아줘. 토끼 예전처럼 온순하지 않아. 모솔이잖아. 그리고 파프리카가 좋다고 해서 샀어. 엄마 파프리카 싫어하는 건 알겠는데, 임산부에게 좋은 거래. 김치볶음밥 내가 다 먹고 가. 가벼운 산책은 임산부에게 좋대. 운동화 사놨어. 엄마 편한 신발 하나도 없잖아. 쿠팡에 샴푸랑 치약 장바구니에 담아놨어. 결제해줘.

김치 냄새 괜찮아짐. 운동화 고마워.

이번에도 포스트잇은 두 겹이었다.

그냥 알아지는 거였어. 너의 언어가 들리기 시작했으니까. 깊은 곳에서 들려오는 너의 숨소리를 맨 처음부터 느낄 수 있었어. 너란 우주가 내쉬는 숨은 나의 봄날 같았으니까. 봄 앞에 무너지지 않는 겨울은 없잖아. 네가 나에게 온 건 순전히 너의 힘이었어. 삶에 대한 너의 의지 말이야.

"어울리지 않게 뭐라는 거야?"

투덜거렸지만 엄마가 시작한 이야기가 뭔지 알 것 같았다. 심장 뛰는 소리가 전보다 더 커진 것 같았다. 기분은 좋지도 나쁘지도 않았다. 나는 엄마가 의도적으로 잊어버린 음식물 쓰레기를 버리고 임산부에게 좋다는 호두를 사러 근처 마트에 갔다. 집에 돌아오니 엄마가 있었다. 무알코올 맥주를 마시고 있었다. 엄마는 알코올 분해 효소가 없다. 나 역시 엄마를 닮았다는 걸 최근에 알았다. 사라 이모가 마시던, 캔에 초록색 코끼리가 그려진 맥주를 음료수로 착각해 벌컥 마시고는 응급실 신세를 졌다.

"무알코올이래도 해롭지 않겠어?"

"임신 아니래."

"무슨 소리야?"

"뭐 이런 간호사가 다 있냐. 갱년기인 줄도 모르고."

"임신 확인한 거 아니었어?"

"확 느낌이 왔어… 네가 왔던 그 밤처럼…"

엄마의 얼버무린 말이 나에게는 똑똑하게 들렸지만 모른 척했다.

"엄마 간호사 맞아? 어떻게 임신이랑 갱년기도 구분을 못 해."

비질 웃음이 나왔지만 입술을 꽉 깨물어 참았다.

"티 나. 애쓸 필요 없어."

"뭐? 뭐? 뭐? 그런데 엄마 울어?"

나는 한사코 눈을 보여주지 않으려는 엄마의 팔을 기어코 눈에서 떼어냈다.

"귀찮은 생리 안 하게 되어 축하할 일이라며? 전에 엄마가 조기 완경한 친구한테 한 말이야."

"내가 미친년이지. 그런데 너 말이야, 야자 슬슬 해야지? 담임쌤 전화 왔던데."

내가 아무런 말이 없자 엄마가 또 말했다.

"은푸른하늘! 가계에 보탬이 되는 돈 좀 내놔 보시지. 담임 쌤이 우리 집 요새 많이 어렵다는 얘길 너한테 들었다는데. 나 요즘 어렵니? 나만 몰랐네?"

"담임쌤이 그것까지 말했어?"

"네가 그렇게 걱정하는 가계도 어느 정도 일어난 것 같은데 야자 다시 해야하지 않아?"

"알아서 할 거야."

"이유나 좀 알자."

"엄마 그거 알아? 여태껏 내가 한 일 중 이게 가장 큰 일탈이라는 거?"

"그런가? 듣고 보니 그러네. 그럼 인정."

"엄만 걱정이 없는 사람이야."

"넌 걱정을 걱정하잖아!"

"난 누굴 닮은 거야? 엄마는 절대 아니고."

마음속으로만 생각했던 것을 입 밖으로 꺼낸 건 처음이었다.

"누군가는 닮은 거겠지. 아마도…."

엄마가 뭔가를 생각하는 것처럼 보였다. 처음 보는 엄마의 진지한 모습에 어쩐지 가슴이 꽉 막힌 듯 답답했다.

"자청비?"

그럼 그렇지. 엄마다운 대답에 막혔던 가슴이 펑 뚫린 것 같았다.

"전에 사라 이모가 들려준 최초의 걸크 이야기 말이야?"

"맞아!"

"스스로 여자로 태어나길 청해서 당당하게 살았다는?"

"맞아!"

"사라 이모 연애하는 거 알아?"

"당연. 명함에 새로운 내용 추가할 계획이던데."

"트랜스젠더, 헌책방 주인, 작가, 이야기 할아버지 말고 할머니, 또 거기에 더 쓸 게 남았다고?"

"행복한 결혼 생활 중."

"그럼 화동은 승재랑 내가 해줄 수 있는데. 화동이라 하기엔 너무 늙었나?"

그때 휴대폰 톡 도착음이 울렸다. 승재였다.

맘껏 햇볕을 쬘 수 있는 곳 아는데, 가볼 거면, 이따 서점으로 와.

야자를 그만두고 승재를 찾아갔을 때였다. 승재가 야자를 그만둔 이유를 물었다.

"밤이 물속 같아. 빛이 전혀 들어오지 않는. 세포 하나하나 다 물에 잠겨 있는 느낌이야."

밑도 끝도 없는 내 대답에도 승재는 알겠다는 듯 고개만 끄덕거릴 뿐 더 이상 아무것도 묻지 않았다.

"승재 톡이었어?"

엄마가 앨범을 가지고 나오며 말했다.

"엉! 일광욕 하기 좋은 곳에 가자는데."

"너 승재한테 말했어? 엄마 임신 아니라고."

"벌써 했지. 그런데 엄마 가슴에 구멍 뚫렸나?"

엄마는 내 앨범을 보면 가슴 속 구멍들이 메워진다고 했다. 내가 있기 전, 엄마의 사진은 한 장도 없다. 내가 볼 수 있는 최초의 엄마 사진은 하늘을 향하여 곧게 뻗어 있는 메타세쿼이어 길에서 나뭇잎들 사이로 언뜻언뜻 보이는 푸른하늘을 가리키고 있는 만삭인 옆모습이다. 내가 있기 전 엄마의 시간은 컴퓨터의 삭제키를 누른 것처럼 아무런 흔적이 남아 있지 않았다. 작정하고 없앤 것처럼.

"진짜 잃어버린 거야? 혹시 엄마 성형 수술했어? 증거 인멸하려고 없앤 거 아니고?"

"짝사랑 남이 가져간 거라니까."

"하긴, 성형해서 이 얼굴이면 억울하지."

엄마의 하이킥이 날아들었다. 재빨리 몸을 피했다. 엄마의 짧은 다리는 나를 아슬아슬하게 비켜갔다.

"짧은 다리의 한계네."

티슈곽이 날아들었다. 이번에는 정통으로 내 머리를 맞추고 떨어졌다.

"까불지 마! 나는 투수계의 알파고야."

그때 엄마의 휴대폰 벨소리가 들렸다.

"지아니? 진통이 왔다고? 급할 건 없어. 이제 시작일 뿐인데…, 그럼, 보통 스무 시간은 걸리지. 그럼… 서두르지 마."

엄마는 통화를 하며 신발을 신고 있었다. 지아에게는 서두르지 말라고 하면서 엄마는 그렇게 되지 않는지 짝짝이 슬리퍼를 신고 있었다.

지아는 나보다 한 살 어리다. 임신을 했고 남자 친구는 사라져버렸다. 엄마는 그런 지아에게 출산 후 도움 받을 수 있는 기관을 같이 찾아주고 건강 체크도 해주고 있었다.

"엄마 간다."

"괜찮겠어?"

"엄마 코어 근육 무시하니? 염려 마!"

"그게 아니라 신발 말이야!"

"어라! 나 왜 이런 거니?"

엄마가 운동화로 바꿔 신더니 현관문을 열고 나갔다. 문이 닫히는가 싶더니 다시 벌컥 열리며 엄마가 소리쳤다.

"그런데 말이야! 은푸른하늘! 너 참 못생겼다."

"나 원 참! 엄마가 할 소리야?"

닫힌 문에 대고 소리를 질렀다.

이 사람이 나의 엄마이다. 심각함이란 없는 사람.

책방에 들어가자마자 승재가 손을 잡아끌었다. 우리가 도착한 곳은 아파트 신축 예정 부지였다. 승재가 그 녀석이랑 데이트를 하며 찾아낸 곳이라고 했다. 안쪽으로 들어가자 사람들의 접근을 막는 폴리스라인 같은 노란색 띠가 둘러쳐져 있는 곳이 보였다. 가까이 다가가자 문화 유적 발굴지라는 표지판과 관계자외 일반인의 출입을 금한다는 경고문이 보였다. 작은 포클레인 두 대가 멈춰 있었고 사람들은 보이지 않았다.

"휴일에는 일을 하지 않나 봐. 네가 좋아할 것 같아서. 여기 관계자 전화번호도 있어."

내가 담당자에게 전화를 했을 때 호탕한 목소리의 중년 여자는 고고학에 관심이 있는 학생은 언제라도 환영한다는 말을 했다. 내가 극구 아직은 잘 모른다는 말을 했음에도.

우리 아프리카 가자. 우리 보검이가 그러는데 꼭 한번 가보래. 원 없이 햇볕을 쬘 수 있는 최적의 장소 아니겠니? 엄마 외투 단추 떨어졌어. 주머니에 단추 있어. 생리대 없더라. 앞으로 영 필요 없는 줄 알았더니 왔다 갔다 해. 사이즈는 작은 걸로. 그리고 토끼 영양제 좀 주문해. 생각해보니 우리 토끼도 나만큼 늙었더라구. 나는 너라도 있는데 우리 토끼는 연애 한 번 못 해보고.

엄마가 말하는 아프리카는 패밀리 레스토랑 이름이다. 야

외에 테이블이 있어 원 없이 햇볕을 쬘 수 있는 곳이다. 아프리카에 도착하니 승재와 사라 이모는 아직 안 왔는지 보이지 않았다.

"사라 이모는 좀 늦는다고 했고 승재도 늦는다니?"

"그런 말 없었어. 승재 사귀는 친구 있으니 늦을지도."

"그 아이 봤어?"

"아직 정식으로 소개 받은 건 아니고. 얼굴은 알고 있어. 호감형 얼굴이야."

"승재 부모님과는 아직도 그러는 거야?"

"몰라."

"너는 친구라면서, 관심 좀 가지지."

"무관심이 더 좋을 때도 있어."

승재가 저쪽에서 뛰어왔다. 엄마와 승재는 얼싸안고 난리가 났다. 눈물 없이는 못 봐줄 두 사람의 재회였다. 승재는 엄마에게 휴대폰에 있는 그 녀석과 함께 찍은 사진을 보여줬다. 나는 옆에서 기웃거리며 겨우 얻어 보았다. 이럴 때 보면 승재는 나에게 열 남자 친구 안 부러운 단 한 명의 게이 친구가 아니라 엄마의 게이 친구 같다. 영 틀린 말은 아니다. 먼저 승재와 엄마가 친구 같은 사이가 되었고 나는 원 플러스 원처럼 엄마에게 덤으로 붙어 승재와 친구가 되었으니까. 두 사람은 내가 화장실에 가기 위해 자리를 뜨는지도 모르고 사진을 보고 있었다.

화장실에서 아프리카 안으로 통하는 문을 밀고 들어서자 왁자하게 웃는 소리가 들렸다. 문 쪽에 앉아 있는 세 명의 아줌마들은 휴대폰을 서로 돌려보며 큰 소리로 떠들며 웃고 있었다.

"우리 애기 이쁘지. 우리 복이는…."

휴대폰 화면이 얼핏 보였다. 강아지 사진이었다.

우리 테이블로 가니 사라 이모가 있었다. 셋이서 무슨 이야기를 하는지 내가 자리에 앉아 한참을 쳐다보는데도 알아채는 사람이 없었다. 세 명의 얼굴 표정은 아까 전에 강아지 이야기를 하던 사람들 표정과 비슷했다. 얼굴은 상기되었고 입꼬리는 부드럽게 물결치듯 올라가 있었다. 사랑을 말하는 사람들 표정은 저렇게 다 닮아 있다.

"언제 왔어? 하도 안 와서 똥통에 빠진 줄 알았다야!"

"엄마 맞아?"

"똥통이면 푸하지. 태어날 때 똥을 잔뜩 뒤집어쓰고는 그런 난리가 없었잖니."

"사라 이모! 딱 거기까지."

"똥을 잔뜩 뒤집어쓴 푸른 하늘이라니."

"승재 너까지 왜 이래?"

"우리들이니까."

나를 포함 네 명이 동시에 말했다. 놀라워라 이정도면 복제 인간 수준.

한 순간의 망설임이나 주저함 없이 너의 엄마가 되기로 했어. 다시 그날이 와도 나는 푸른하늘을 선택할 거야. 그때처럼.

단추는 달았어. 너무 늦었네. 달토에 토끼 영양제 주문했어. 토끼만 모솔 아니거든, 엄마 딸도 모솔이란 걸 잊진 않았겠지? 생리대는 사뒀어. 지금처럼 연애 많이 해. 엄마 시간 루팡한 기분 들지 않게.

사라지는 사라지지 않는

튀어 와

여전히 없어지지 않는 '1'이라는 숫자가 부옇게 떠오른다.

"너 있는 곳으로 내가 갈게."

나는 여전히 네 말을 믿고 있다.

언제가 되었든 어떤 형태로든 넌 나에게 올 거라는 걸.

하루도 빠짐없이 어둠이 걷히지 않은 구릉을 향해 전력으로 질주한다. 검푸른빛에 잠겨 있는 숲, 물기를 머금어 한층 더 까맣게 보이는 나무들 사이에 우윳빛으로 고여 있던 안개가 빠르게 안겨든다. 얼굴이 얼얼하다. 정상에 도착할 즈음 땀이 비 오듯 쏟아져 눈이 따끔거리고 가슴은 부풀대로 부푼 풍선처럼 터질 것 같다. 그대로 바닥에 드러눕는다. 땅의 냉기가 곧바로 올라왔다. 고개를 돌리자 해면질의 흙이 보였다. 나도 모르게 밤새 흙이 호흡하느라 만들어낸 구멍들일 거라는 생각을 했다.

"여기에 이렇게 입김을 불어 넣어. 그러면 흙 인형이 호흡을 해. 흙으로 만든 항아리도 숨을 쉰다고 하잖아."

너다운 말이라는 생각을 하는 사이 너는 늘 가지고 다니는 자그마한 흙 인형의 머리에 부드럽게 입김을 불어 넣고는 눈을 감았다. 왠지 네 말이라면 그럴지도 모르겠다는 생각에 나 역시 잠깐 눈을 감았다 떴을 때 여전히 너는 눈을 감고 있었다.

'속눈썹 엄청 기네'라고 속으로 생각하는데 네가 눈을 떴다. 눈이 마주쳤다. 무안함을 감추려 큰 소리로 말했다.

"미친 새끼! 흙덩어리가 숨을 쉰다고?" 거칠고 무례한 말에도 너는 조용히 웃기만 할 뿐이었다.

"형처럼 굴지 말라고!" 말은 이렇게 했지만, 너 같은 형이나 누나가 있었으면 좋겠다는 생각을 하기도 했다.

나는 그때의 네가 했던 것처럼 해면질의 흙에 따뜻한 입김을 불어 넣었다. 구멍들 사이의 경계가 허물어져 실핏줄 같은 선이 생기고, 혈액처럼 흐르는 흙은 손등을, 손목을, 팔뚝을 덮고, 순식간에 나의 온몸을 덮었다. 나는 점차 흙속으로 묻히고 마침내는 사라져버릴 것이다. 팔, 다리를 움직일 수 없

192

었다. 숨도 막혀왔다. 놀라 벌떡 일어섰다. 누웠던 자리에 그림자 같은 흔적이 남았다. 선명한 흔적을 보며 일어선 건 그림자이고 남아 있는 건 나의 몸이 아닌지 생각했다. 흙이 부서져 내린다.

구릉을 내려오는 길, 군데군데 흙이 무너진 곳이 보였다. 안에 품고 있던 것들을 게워놓은 것 같은 모습의 흙무더기가 있었다. 그 흙무더기에는 많은 것들이 섞여 있어서 진짜 토사물처럼 보였다. 거기에 눈에 띄는 것이 있었다. 흙으로 만들어진 것이었지만 무엇인지는 알 수 없는, 어떤 모양인지도 전혀 가늠할 수 없는 것.

욕실에서 나오자 신발장 위에 올려 둔 그것을 본 엄마가 말했다.

"어디서 가져온 거야?"

"거기요."

"이거 아무래도 옛날 것 같은데."

엄마는 고개를 갸웃거리더니 그것을 내려놓고 말했다.

"다녀올게."

엄마가 어렸을 때 잠깐 살았던 이곳으로 내려오게 된 것은 순전히 나 때문이었다. 아빠의 외도, 엄마는 여전히 초등학교 6학년은 부모의 문제를 모를 줄 알고 있다. 내가 학교를 그만두자 아빠를 지긋지긋하게 여기면서도 5년을 버틴 그곳을 떠나기 위해 엄마는 고민 한 번 하지 않고 근무지 변경을 신청했다. 세 달이 채 흐르지 않아 이곳, 영서 분교로 내려올 수 있었다. 엄마는 영서 분교 선생님이 되었다.

"이거 옛날 거 맞나 봐. 지금 거기 말똥, 거기가 말똥 자리래. 지형상 그렇다네. 거기로 대학 박물관에서 사람들이 나와 조사 중이래."

점심 때 관사에 들른 엄마가 말했다.

"아, 그래." 거기가 왜 말똥으로 불리는지는 알 수 없었지만 말이 길어지는 것이 싫어 대충 대답했다.

"발굴하게 될지도 모른다고 그러더라."

"아, 그래요."

"재밌을 것 같지 않아?"

"아, 그래요."

"애는, 할 말이 그것밖에 없어? 아, 그래요."

엄마가 목소리를 굵게 해 내 흉내를 내며 살짝 웃었다. 완전한 부정도 긍정도 아닌 말. 걱정도 기대도 주지 않는 말만을 하는 나에게 질릴 법도 한데 엄마는 그러지 않는 것 같았다. 엄마라서인지.

며칠 뒤 구릉 입구에 있는 대밭에 노란색 굴삭기가 모습을 드러냈다. 말똥은 조사 결과 문화 유적으로 밝혀져 대학 박물관에서 '구제 발굴'이라는 것을 하기로 결정이 났다고 했다. 구제 발굴이란 긴급 구조처럼 위기에 처한 유물이나 유적을 구조하는 거라더라고 엄마는 말했다.

　구제 발굴이 시작되자 늘 깊은 잠 속에 빠져 있는 것 같았던 구릉에 이른 시간부터 하루 종일 사람들의 분주한 움직임이 끊이질 않았다. 그 모습은 구릉을 숨 쉬는 생명체 같아 보이게 해 나 역시 까닭모를 생동감에 싸여 있었다. 삼 주의 시간이 지나자 구릉에는 인적이 뚝 끊겼다. 숨을 멈춰선 것 같은 모습은 나를 불안하게 했고 어떤 기억이 떠올라 점차 절망하게 했다. 그러는 나의 마음을 알았는지 엄마가 말했다. 구제 발굴 결과 아주 중요한 유적임이 확인되었다고. 현재 대부분의 연구원들이 철수했고 주민 설명회를 거쳐 가까운 시일에 본 발굴이 이루어질 거라고.

　구릉에 도착하자마자 비가 내리기 시작했다. 군데군데 비닐이 씌워져 있었다. 바닥에 씌운 투명 비닐에 떨어지는 빗소리는 커졌다 작아졌다, 때론 바람을 타고 흩뿌려지는 소리를 냈다. 솟아오른 흙무더기는 비에 젖어 빨강에 가까운 색을 띠었고 거기에 섞여 있는 흰색의 알 수 없는 것들은 새하얗게 보였다. 천천히 흙무더기로 다가가 하얗게 드러나 있는 것을 하나 집어 들었다. 부서진 조개껍데기였다.

"어!" 인기척 소리에 뒤를 돌아다 봤다. 노란 우비를 입고 있는 처음 보는 여자였다.

"너는, 바닷가…" 여자는 뭔가를 더 말하려다 그만두고는 하늘을 쳐다보더니 웅얼거렸다.

"비가 계절을 데려온다는 말이 맞나 봐. 비 온다 비." 여자의 말은 들린다기 보다는 선명하게 느껴지는 기분이 들게 했다. 나는 어떤 말들은 살갗에 스며들어 온다던 너의 말을 떠올린다.

"희!" 책상에 엎드려 잠을 자는데 네가 내 이름을 부른다. 고개를 돌려 인상을 쓴다.

"'희' 살갗에 스미는 느낌이야."

"뭔 개솔?"

"그런 게 있어."

"그렇게 부르지 마!"

"왜?"

"싫어. 내 이름."

"세상에서 가장 따뜻하고 부드럽고 친절한 느낌인데 니 이름."

"뭔 개솔?"

"진짠데, 너도 알게 될 때가 오겠지."

"꺼져!" 다시 엎드렸다.

"희! 잘 자." 엎드린 채 너를 향해 가운뎃손가락을 세웠지만, 여전히 너는 나를 보며 웃고 있을 거라는 걸 보지 않고도 알 수 있었다.

손을 오므렸다. 울퉁불퉁한 조개껍데기의 거친 감촉이 느껴졌다. 힘을 주자 힘없이 부스러진다. 손을 펴자 하얗고 작은 입자들이 빗물에 씻겨 붉은 황토 흙 위로 짧은 낙하를 했다. 곧이어 하얀 점들이 별처럼 떠올랐다 곧장 흙속으로 사라졌다.

"아주 오랫동안, 어둠 속에서 견고하게 버텨온 것들이 햇빛에 노출되면 순식간에 그렇게 약해져버려."

내가 방금 부스러뜨린 조개껍데기에 대한 말인 것 같았다.

"저기도 바다였어. 아마도 바다였던 때가 훨씬 더 길 거야. 흙에 섞인 흰색은 다 조개껍데기가 부서진 거야. 아주 오래전 사람들, 더 오래전 사람들이 먹고 버린."

여자는 흙과 부스러져 형체를 알아볼 수 없는 조개껍데기가 거의 반반으로 섞여 있는 흙무더기를 손으로 가리키며 말했다.

"흙은 많은 기억들을 가지고 있지. 흙에 기록된 기억은 결코 사라지지 않을 거라는 생각이 들어. 궁금한 게 있음 날씨 좋을 때 와. 제대로 된 유적을 보려면 시간이 더 지나야 할 거야. 본 발굴 시작되려면 시간이 좀 걸릴 거거든."

여자는 이렇게 말하고는 사무실로 사용하는 컨테이너 쪽으로 걸어갔다.

그곳에 갔다. 네가 왜 거기에 있었는지 아무리 생각해도 알 수 없었다. 거기가 가까워지자 속이 울렁거렸고 다리가 풀려 주저앉을 것 같았다. 흔적은 희미해져 있었지만 네가 멈춘 곳을 알 수 있었다. 약간의 내리막길.

많은 비가 쏟아지고 있었지만 너는 전력으로 질주했을 것이다. 너의 자전거는 브레이크가 없는 픽시였다. 내가 아슬아슬하다는 말을 하면 너는 아무런 고민 없이 멈춤도 생각지 않고 느끼는 대로 직진만 하면 된다는 말을 했다. 네가 즐기는 유일한 일탈. 화가 치밀었다.

"나쁜 새끼! 개새끼! 병신 새끼!"

"나쁜 새끼! 개새끼! 병신 새끼!"

내 입을 빠져나가기도 전에 내 귀에 가장 먼저 닿고 마는 소리. 결국은 나에게 하는 욕이다.

"욕은 말이야. 다른 사람에게 하는 거잖아? 그런데 욕을 가장 빨리 정확하게 듣는 건 욕을 한 자기란 말이야." 욕을 달고 사는 나에게 넌 늘 이렇게 말했다.

"좆 까! 그래서 미친 새끼! 어쩌라고? 어쩌라고? 개새끼! 어쩌라고?" 아무리 욕을 해대도 다시는 너의 목소리를 들을 수 없었다.

"좆 까라고!"

모든 것이 멈추기를 바랐다.

현관문을 열자 문 앞에 엄마가 서 있었다. 무슨 이유인지 엄마는 나를 보고 놀란 것 같았다. 오래지 않아 엄마가 놀란 이유를 알 수 있었다. 얼핏 거울에 비친 내 모습에 멈칫했다. 눈에는 붉은 핏발이 서 있었고, 얼굴과 목, 심지어 손바닥까지도 빨간 작은 점들이 뒤덮고 있었다.

"실핏줄이 터져서 그런다고 하더라. 보이지 않는 곳도 사정은 같을 거야. 마음의 통각점이 한계치에 이르면, 마음이 아파 견딜 수 없으니 어떻게 좀 해보라고 몸이 보내는 신호래."

생각해보니 엄마도 내 모습과 같았던 적이 있었다. 아빠에게 여자가 생겼을 즈음이었던 것 같다. 새벽에 오줌이 마려워 화장실에 갔을 때 화장실에서 세수를 하고 있는 엄마를 봤다. 출근 준비하기에는 이른 시간이었다. 변기에 앉아서 엄마 얼굴을 보고 놀라고 말았다. 엄마의 눈도 얼굴도 목도 온통 빨갛게 변해 있었다. 빨간 눈에 고인 눈물인지 물방울인지 알 수 없는 액체는 딸기 시럽처럼 붉게 보였다.

"아프고 슬픈 것이 당연한 거야. 아파해도 슬퍼해도 되는 것 아닐까? 엄마한테만이라도."

입술을 깨물었다.

"그냥 울어. 그래야 무너지지 않지. 그래야 버텨낼 수 있지."

엄마 말에 나도 모르게 괴성이 나왔다. 울음소리도 고함도 아닌.

비겁한 새끼!

학교에 자퇴서를 제출하고 온 날 안정후에게서 톡이 왔다.

넌 할 줄 아는 게 튀는 것밖에 없지? 비겁한 새끼!

나는 아무런 답도 보내지 않았다.

꺼져! 다시 내 눈에 보였다간 죽을 줄 알아!

그 병신새끼, 너 같은 새끼한테는 과분했지.

'안정후'라고 저장된 번호를 차단시켜버렸다. 누구도 너를 아무렇게나 소환할 수는 없다고 생각했다. 모든 것이 멈춰 서야 할 것 같았지만, 멈춰 선 건 아무것도 없었다. 그래서 나는 나의 하찮은 학교생활을 멈추기로 했던 것이다. 달아난 게 아니라.

뒷모습을 보이고 걸어가던 여자가 급작스럽게 돌아서더니 말했다.

"코코아라도 마실래? 너 너무 슬퍼 보여."

"네?"

"추워 보인다고."

슬퍼 보인다는 말을 듣고 싶었나 보다. 여자가 하지도 않은 말을 들은 걸 보면.

나는 고개를 가로 저었다. 아무런 말없이 인사를 꾸벅 하고 돌아섰다.

"잠깐만!"

여자가 뛰어왔다. 자기의 우비를 벗더니 나에게 걸쳐주었다. 향기가 났다. 네가 늘 쓰던 핸드크림 향. 몇 번을 말해줘도 외우지 못했던.

"옷 다 젖었는데 이제 와서 웬 비옷이냐는 생각을 할 수도 있지만, 슬프면 추워지는 거야. 추우면 더 슬퍼지는 거고."

슬퍼 보인다는 말은 잘못 들은 것이 아닐지도 모르겠다.

"너 괜찮아?"

그때의 너처럼 울음이 터질 뻔했다. 가까스로 참았다. 처음으로 괜찮지 않다고 대답 할 뻔했다. 네가 없어서 죽을 만큼 힘들다고.

초등학교 6학년, 너는 흙으로 '우정 새'를 만들었다. 머리는 둘, 날개와 눈이 하나씩밖에 없는, 그래서 둘이서 똑같은 마음으로 몸을 붙여야만 날 수 있다는. 처음 본 새였다. 아주 시간이 많이 지난 뒤 너의 '우정 새'는 '비익조'라고 불리는 상상의 동물이라는 걸 알았다.

등교하자마자 사물함 근처가 요란스러웠다. 모여 있는 아이들 틈으로 겨우 울음을 참고 있는 너의 모습이 보였다. 얼마 지나지 않아 네가 그러고 있는 이유를 알 수 있었다. 전날 잘 만들었다고 칭찬을 들었던 너의 '우정 새'가 물에 잠겨 있었다. 실수처럼 보이는 누군가의 고의라는 걸 알 수 있었다. 마르지 않은 우정 새는 물에 녹아 형체를 잃어가고 있었다. 언젠가 텔레비전에서 보았던 검은 기름 속으로 빨려 들어가 죽어가던 새의 모습과 닮아 있어 소름이 돋았다. 어쩐지 울음을 참고 있는 너 역시 눈물에 빠져 허우적대다 그렇게 될 것 같았다.

"너 괜찮아?"

너는 참았던 울음을 터트렸다. 그 울음소리는 무척 슬펐

202

고, 말은 안 했지만 엄마는 온몸으로 눈물을 참아내고 있다는 생각이 들었던 아침. 나 역시 금세 코끝이 찬 공기를 들이마신 것처럼 찡해지고 시야는 더러운 유리창으로 보이는 풍경처럼 흐릿해져 엉엉 소리 내 울고 말았다. 그때부터였다. 너와 친구가 된 건.

"웬 비옷이야?"

현관에 들어서자마자 엄마가 수건을 내밀며 말했다.

"무슨 향인 줄 알아요?"

"어떤?"

"비옷에서 나는"

엄마가 비옷에 코를 가까이 대고 냄새를 맡았다.

"그냥 비 냄새 같은데. 그런데 이거 누가 보냈는지 알 수가 없네." 엄마가 고개를 갸웃거리며 작은 택배 상자를 찬찬히 들여다보고 있었다.

"뭔데요?"

"너한테 온 거야."

엄마가 택배 상자를 내밀었다. 엄마 말대로 받는 이에 내 이름이 커다랗게 씌어 있었지만 보내는 이의 정보란은 텅 비어 있었다. 내가 텅 빈 그곳을 보며 가장 먼저 떠올린 사람은 이미 이 세상에 있지도 않은, 이름 속에 내 이름 강희를 품고 있다던 강희준, 바로 너였다.

"내 속에 네가 있어서 참 좋아! 너를 안 처음부터 그랬어. 부드럽고 넓게 느껴지는 이름이었거든. 네 분위기도 그랬고."

"병신! 여자 이름도 아니고 '희'가 뭐냐."

나는 줄곧 여자 이름 같은 나의 외자 이름이 마음에 들지 않았지만, 네가 이렇게 말해준 뒤부터는 또 그렇게 싫지만은 않게 되었다.

상자 뚜껑에 분홍 포스트잇이 붙어 있었다. '너에게 보내주길 원한 것 같았어' 라는 메모가 있었다. 상자 뚜껑을 열자 분홍 리본으로 묶인 분홍색 스케줄러가 있었다. 그리고 뽁뽁이에 싸여 있는 너의 인형. 스케줄러는 내가 입시 학원에서 받아 너에게 준 것이었다. 그때의 너를 기억한다.

12월 초, 선착순으로 삼 일 동안 하루에 서른 명에게만 줬던, 팔지도 않는 희귀 아이템인 스케줄러는 그 인기에 경쟁이 치열했다. 분홍색 고양이 캐릭터가 그려져 특히나 여자애들이 열광했다. 너 역시 그 스케줄러를 따내기 위해 열심이었다. 나는 그러는 널 놀렸지만 너 몰래 날마다 거기에 집중하고 있었고, 마지막 날, 타낸 것이었다. 당첨되는 순간에 나는 허공에 주먹을 날리며 쾌재를 불렀다. 네가 풀죽은 목소리로 스케줄러를 끝내 따내지 못했다며 전화를 해왔지만, 나는 스

케줄러가 도착하기 전까지 아무런 말도 하지 않았다. 며칠
뒤 학원에서 돌아오자 스케줄러가 와 있었다.

튀어 와.

알았어. 딱 20분만 기다려.

너는 불친절하기 짝이 없는 내 톡에 이유를 물은 적이 없
었다. 20분이 채 흐르지 않아 네가 왔다. 엘리베이터를 타고
내려가는 동안 좋아할 네 모습을 생각하며 나는 나도 모르
게 웃음이 나오는 걸 알았다.

"별로 좋아 보이지도 않네."

내가 스케줄러를 내밀자 너는 금방이라도 울 것 같은 표정
을 지었다.

"너는 기쁠 일이 그렇게 없냐? 겨우 이런 걸로 울게."

너는 아무런 말없이 고개만 끄덕거렸다.

"병신. 가, 잘 가라고!"

"잠깐! 이거."

너는 주머니에서 초코우유를 꺼내 나에게 건네준다. 도라
에몽이 양팔을 번쩍 치켜들고 환호를 지르고 있는 모습이 박
혀 있다. 내가 물 말고 유일하게 먹는 음료였다. 아무런 말없
이 받아들고 몇 걸음 뒤로 물러서자 공동 현관 유리문이 닫
힌다. 너는 유리문에 바짝 다가와 손가락 하트를 수줍게 날

렸다. 나는 너를 향해 가운뎃손가락을 올리고는 돌아섰다. 엘레베이터에 탔을 때도 여전히 넌 나를 보고 있었다. 문이 닫히기 전까지의 시간이 어색해 닫힘 버튼을 눌렀다. 너는 안녕! 이라고 소리 내 말한다. 문이 서서히 닫히며 입말로 뭔가를 말하는 너는 시야에서 사라지고 은색 문이 눈앞에 있다. 나는 너의 입말이 문득 궁금했다. 이십 층까지 올라가는 동안 거울을 상대로 네가 했던 입말을 해봤다.

병신, 세 마디 말이었다. 벼엉신, 개새끼, 입모양이 달랐다. 꺼어져, 그러는 동안 도착음이 울렸다. 문이 열리기 직전 문 위에 있는 광고 영상에서 젊은 남자가 연인을 향해 사랑해라고 또박또박한 목소리로 말하는 것이 나왔다. 어쩐지 아까전 너의 입모양과 닮았다는 생각을 했다. 왠지 얼굴 전체로 열기가 확 퍼지는 것 같았다.

뽀뽀이 속 인형을 꺼냈다. 손때가 묻어 반질거렸다. 너의 오랜 고민의 시간을 보는 것 같았다.

"우리들 말이야. 엄마 뱃속에서 백 일 정도 되면 이 정도라는데. 여자인지 남자인지도 알 수 있대."

"그래서 뭐?"

사람을 닮은 듯 닮지 않은 인형. 네가 미술 과제로 만들었던 '우정 새'가 물속에 처박힌 뒤로도 누군가 실수인 듯 티

나지 않게 널 괴롭혔다. 네가 만든 흙 인형의 몸에 빨간색 네임 펜으로 "변태새끼, 꺼져, 죽어버려"라고 써진 걸 본 몇몇 여자애들은 몰려 있는 남자애들에게 니들이 못된 장난을 치지 않았냐고 따져 물었고 남자애 몇몇이 틀린 말도 아니라고 맞받아쳐 분위기가 험악해졌다.

너는 모든 여자애들과는 믿을 수 없을 만큼 친하게 지냈다. 반 여자애들의 생일파티에는 빠짐없이 초대를 받았지만 생일파티에 너를 부르는 남자애는 없었다.

"너희들은 아무것도 모르잖아!" 남자애들을 향해 내가 소리쳤다.

"그럼 넌 뭘 아는데?" 어떤 남자애가 물었다.

"다, 다 안다고."

다 안다는 말은 아무것도 모른다는 말과 같은 거라는 걸 그때는 몰랐던 것 같다. 그 뒤로도 우리가 함께한 시간은 짧지 않았지만, 너에 대해 나는 뭘 알고 있는 걸까?

"신경 쓰지 마! 잘 알지도 못하잖아."

너를 향해 말했지만 나에게 하는 말이었다.

내 말을 기다렸다는 듯 너는 나를 붙잡고 울기 시작했다. 나는 어쩔 줄 몰라 얼굴이 빨갛게 달아오른 채 가만히 서 있기만 했다. 어디에 둬야 할지 모르는 양팔은 허공에 떠 있는 채로 그 순간은 내 팔이 아니었으면 싶었다. 괜찮다고 네 등이라도 토닥거렸어야 했지만 그럴 수 없었다. 아이들이 널 보는 시선, 나 역시도 얼마쯤 동의하고 있었을 것이다. 아주 많은 시간이 흐른 뒤에 나는 네게 너의 흙 인형에 대해 물었다.

"이거 여자냐? 남자냐?"

너의 인형은 남, 여를 구분할 수 있는 아무런 표식이 없었고 정수리 부분에 작은 구멍이 있을 뿐이었다. 거기로 너는 입김을 불어 넣었다. 점심 먹은 뒤의 나른함 때문이었을까? 아님 볕이 오르는 봄날이어서인지 인형의 가슴이 부드럽게 오르내리는 것 같았다.

"느끼는 대로."

"뭐래?"

"…중국 신화에서 사람을 만든 신은 '여와'거든. 머리는 사람인데 몸은 뱀인. 여와가 흙과 물을 섞어 사람을 만들었다고 해. 성별 구분은 없었지. 신조차도 결정하지 않았다는 거야. 그건 자기만 결정할 수 있는 거라는 생각이 들어. 신도 다른 누구도 아닌 나 자신."

"미친님, 그게 말이 돼? 남자 여자는 태어날 때부터 외모가 확실하게 다르잖아?"

"외모만이 남자, 여자를 구분할 수 있는 걸까? 그럼 너와 난 남자인 거네?"

"그걸 말이라고 해. 당연하지."

"나는 그렇게 생각하지 않아. 그럼 왜 리사, 한빛 같은 사람이 있는데?"

너는 누구나 아는 유명 트랜스젠더들 이름을 말했다.

"모르지 그거야. 그 사람들 속사정이지."

"그래서, 그래서 넌 그런 사람들을 어떻게 생각하는데?"

빨개진 얼굴, 목소리는 심하게 떨리고 있었다. 너의 흥분한 모습은 처음이었다. 네가 나에게 싸움을 걸어오는 느낌. 더럭 겁이 났다. 어떤 말이 너의 마음을 벨지 어떤 말이 나의 마음을 닫게 할지 알 수 없었기 때문에.

"별 관심 없어. 그냥 그런가 보다 하지."

"만약에 말이야. 만약에, 음, 트랜스젠더가 너 좋다고 하면 어쩔 거야?" 너는 뜸을 들이며 말했다.

"어, 어? …있지도 않을 일을 뭐 하러 생각해. 머리 아프게."

너의 상처받은 얼굴을 보고 말았다고 생각했는데 아무런 말없이 너는 새끼손가락에 립 밤을 짜서 내 입술에 발라주었다. 불안하거나 초조할 때 하는 나의 버릇, 나도 모르게 입술 각질을 뜯어내고 있었을 것이다. 징그럽다고 말은 하면서도 나는 가만히 있었다. 너의 체온과 향이 가까워졌다 멀어졌다.

"그런데 왜 이런 인형을 만들어?"

"마음을 담은 토우. 나는 내 옷이 마음에 들지 않거든."

"고등학교 교복 마음에 드는 급식이 어땠냐?"

너는 작게 웃더니 말했다.

"대니쉬 걸 알아?"

"새로 나온 빵이냐?"

너는 다시 살짝 웃더니 말했다.

"영화 제목이야. 보고 싶은. 희! 네가 네 이름을 말했을 때 즐겁고 따뜻하고, 친절함이 보였어."

"쪽팔려서 우물쭈물 한 거라고 몇 번을 말해."

"어떤 말은 들리는 것 보다 스며든다는 느낌이 들어. 희가 그래. 빛처럼 바람처럼 혹은 향기처럼."

"그게 말이냐? 방구냐?"

말은 이렇게 했지만 얼굴이 달아오르는 걸 알았다. 햇빛 속 너의 희고 가지런한 치아에 눈이 부셨다. 바람이 적당하게 자란 네 머리칼을 지나오자 이름을 알 수 없는 하지만 늘 맡을 수 있던 너의 향기가 와락 달려들어와 순간 눈앞이 아득해지고 괜히 가슴이 뛰었다. 이런 미친 상황이 믿기지 않아 도리질을 하며 욕을 뱉었다.

"미친넘!"

너에게 한 욕은 아니었다.

어쩐 일인지 너의 스케줄러는 홀쭉했다. 홀쭉한 이유는 금방 알 수 있었다. 속지가 없어진 상태였다. 표지 안쪽에 사진이 붙어 있었다. 초록색 바탕 그리고 하트 모양으로 잘라 가장자리를 분홍색 레이스로 장식을 한 사진. 사진 속 너는 공주 복장을 나는 왕자 복장을 하고 있다. 초등학교 6학년, 영어학원에서 했던 영어 연극 때의 사진이라는 걸 어렵지 않게 떠올린다. 너는 그때 가장 예쁜 미소로 베스트 포토제닉상을 받았었다. 너는 넓게 퍼지는 분홍색 드레스를 무척 마음에 들어 했고 거울에 비친 네 모습을 홀린 듯 쳐다보고 있었다는 것도 선명하게 기억할 수 있었다. 사진 속에서 너는 그때처럼 웃고 있다. 자세히 보니 초록 바탕이라고 생각했던 것은 작고 균일한 'HE'라는 글자들이다. 수많은 초록색 'HE'가 빈틈없이 채워져 있다. 누군가의 이름만을 수 없이 쓴다는 것은 어떤 마음일까를 생각했다. 눈앞이 뿌옇게 흐려져 너의 인형도 스케줄러도 안개 속에 잠겨 있는 풍경 같았다.

노크 소리가 났다. 너의 물건들을 서둘러 책상 서랍 속에 넣었다. 엄마가 방문을 열었다.

"누구한테 온 건지 물어봐도 되니?"

"아니요."

"그래, 그럼. 발굴장은 볼 만했어?"

"파헤쳐진 땅은 보고 왔어요."

"본 발굴은 아직 시작 안 했는가 보더라."

"알아요. 누가 있던데요."

"아, 준수 씨?"

"아니요. 준수 형은 얼굴 알아요. 모르는 여자였어요."

"설명회 거쳐서 결정할거라고 하던대."

엄마가 내 눈치를 보며 말했다.

"넌 관심 없지?"

"글쎄요."

"생각해볼래?"

"… 그래볼까요."

"정말? 정말이지? 너 약속했다."

엄마의 통통거리는 말투, 오랜만이다. 잊고 있었다. 엄마는 원래 이런 말투를 가지고 있었다는 걸.

발굴단은 영서리 유일의 숙희 슈퍼에서 숙식을 해결하고 있었다. 오후 작업 시간에 맞춰 가게에 갔다. 가게 안으로 들어가지 못하고 기웃거리다 여자와 눈이 마주쳤다. 여자 손에는 음료와 빵이 들려 있었다. 여자가 가게 유리문을 밀치더니 대뜸 물었다.

"뭐 먹을래? 간식으로 말이야"

여자가 초코우유와 탄산음료를 들어 보이며 물었다. 도라에몽은 여전히 양팔을 들고 환호하고 있는 모습이었다.

"역시 음료는 초코지. 안에서 준수 선배 기다리고 있어."

여자는 안으로 들어오라는 듯 옆으로 비켜섰다.

"원래 그렇게 말이 없니?"

여자는 이렇게 말하더니 웃으면서 앞장 서 걸었다. 마침 준수 형이 나오고 있었다. 준수 형은 학교 관사로 엄마를 만나러 온 적이 있어 이미 알고 있었다. 준수 형은 스포츠머리와 까만 얼굴에 딱 벌어진 어깨를 가지고 있어, 단단하게 보이는 사람이었다.

"맘 단단히 묵고 왔제?"

이곳 토박이라는 준수 형은 사투리가 심한 편이었다.

안채로 들어서자 전인대 박물관이라고 써져 있는 노란색 플라스틱 바구니들이 마루에도 수돗가에도 많았다. 바구니는 뭔가의 조각들이 가득 담겨 있는 것도 바닥이 훤히 보일 정도로 조금 담겨 있는 것도 있었다. 서너 명의 대학생들이 마룻바닥에 수많은 조각들을 늘어놓고 앉아서 조각들을 끼워 맞추고 있었다. 퍼즐을 하는 모습 같았다. 수돗가에도 역시 서너 명의 대학생들이 커다란 물통에서 뭔가를 건져내 노란색 바구니에 담고 있었고, 몇 개의 노란색 바구니가 시멘트 바닥 턱에 비스듬히 걸쳐져 있었다. 물을 빼려고 그런 것 같았다.

"세척 끝난 토기 조각들 저기 건조대로 좀 옮겨줄래?"

여자가 시멘트 바닥 턱에 비스듬히 걸쳐져 있는 노란색 바구니를 보며 마당가를 손짓으로 가리켰다. 마당가에는 똑같은 노란색 바구니들이 열 지어 놓여 있었다. 노란색 바구니를 들자 미처 빠져나가지 못하고 남아 있던 물이, 뚫린 구멍으로 떨어졌다. 마른 흙 위로 동그란 무늬들이 수없이 만들어졌다. 바구니를 두고 뛰어오자마자 준수 형이 모두에게 나를 소개했다.

"모두 여그 좀 봐야 쓰것어. 이 아그 이름이 강희여. 오늘부터 발굴장 조수로 일하기로 했고, 또 뭐시냐 분교 천 선생님 자제고. 나이가 느그들 보다는 어린께 동생이라 생각하고 잘 가르쳐주고, 강희는 여그 있는 모두 너보다 나이도 많고, 인생 선배들잉께 내 친형이다, 누나다 생각하고, 깍듯허게 대하고 알았제이?"

겨우 '예'라는 대답을 하는 나를 보며 준수 형은 남자 목소리가 왜 그러냐며 어깨를 툭툭 쳐댔다. 그렇게 하면 자기의 힘이 나에게 옮겨 오기라도 하는 것처럼. 그리고 여자 이름이 윤정아라고 덧붙였다.

"빠진 것 없이 챙겼제. 자아! 그럼 말 달려불끄나?" 준수 형은 의자 위에 놓여 있던 작업용 장갑을 뒷주머니에 쑤셔 넣고 앞장섰다.

발굴장은 구릉 정상에 있었다. 발굴장까지 이어지는 길은 안 와 본 사이 풀이 자라 온통 초록색으로 바뀌어 있었다. 발굴장에서 제일 먼저 눈에 띈 건 나침반과 지도를 물고 있는 '비익조'가 그려진 깃발이었다.

"이 새 이름 알아?" 정아 누나 물음에 나는 고개를 끄덕거렸다.

"비익조를 안단 말이야? 나는 신입생 때 몰랐는데."

"친구가… 우정 새라고."

"강희야! 말 좀 똑 부러지게 해라이. 남자가 그렇게 웅얼거리지 말고야이." 준수 형이 답답하다는 듯 말하더니 성큼 앞서 걸었다.

"화난 거 아니야. 그냥 준수 선배님 말투가 좀 저래서 그렇지." 준수 형과 거리가 조금 멀어지자 정아 누나가 작게 말했다.

맑은 날 구릉에서 내려다본 영서 마을의 집들이 슬레이트 지붕과 기와지붕을 구별할 수 있을 만큼 선명하게 보였다. 머리와 몸을 맞대고 체온을 나누고 있는 동물들처럼 정다운 모습이었다. 그리고 떨어진 곳에 섬처럼 떠 있는 영서 분교가 있었다. 그러는 영서 분교의 모습이 고립되어 보이지 않는 건 거기로 모여드는 선명한 여러 개의 길 때문인 것 같았다. 영서 분교가 폐교되지 않은 건 이곳이 특용작물 농공단지로 지정되어 귀농한 젊은 사람들이 늘어가고 있기 때문이었다.

"서로에게 마음을 열고 기대고 있는 모습이지? 여기에서 내려다본 마을 말이야."

모두들 현장 사무실을 향하여 앞서 걸어가는 걸 봤는데 정아 누나가 옆에 있었다. 다시 되돌아온 모양이었다. 나는 고개를 끄덕거렸다.

"가자! 준수 선배 또 소리 지르기 오, 사, 삼, 이, 일!"

"느그들 뭐하냐이? 어르신들 기달리고 계시그만." 준수 형이 우리를 보고 소리쳤다.

"맞지? 호통 대마왕." 정아 누나가 코와 입을 일그러뜨려 우스운 표정을 지었다. 나도 모르게 웃음이 나왔다. 그러다 네가 없음이 벌써 익숙해졌나 하는 생각이 들어 곧 얼굴을 굳히고 말았다.

"오후 작업도 오전과 다르지 않습니다. 각자 맡은 피트들에서 최선을 다해 진행해주시면 되겠어요. 어르신들 휴식 시간에 음주 삼가해주시구요. 음주 사실이 적발되면 벌칙은 모두 알고 계시지요?"

정아 누나는 노트북을 들여다보며 사무적인 어투로 말하고 있었다. 눈을 가리고 들었다면 전혀 알아차릴 수 없을 만큼 정아 누나의 목소리는 대화를 할 때와는 사뭇 달랐다.

발굴 소식이 전해졌을 때 마을 사람들은 학교 강당에 모여들어 공청회인가를 열었다. 마이크를 통해 흘러나오는 소리들이 관사 안으로도 흘러 들어왔다. 어떤 노인은 농사철에 농사를 지을 수 없게 되었다며 흥분하며 말했다. 명확하게 무슨 말인지를 알아들을 수 없을 정도로 여럿이서 한꺼번에 말을 하는 경우도 있었다. 그 와중에 아주 차분하고도 또박또박 말하는 여자 목소리가 들렸다.

경작으로 인해 유적지가 훼손되고 있어 발굴은 진행할 수밖에 없는 것이라는 말이었고, 손실분에 대해서는 보상이 이루어진다는 말이었다. 그렇게 해서 구제 발굴 후 본 발굴은 두 달쯤 뒤부터 시작되었다. 젊은 농부들은 변함없이 특용작물 재배에 매달렸고, 늙은 농부들은 농사 대신에 일당을 받고 발굴장에서 인부로 일을 하고 있었다.

그때 모두를 설득했던 목소리가 정아 누나라는 걸 어렵지 않게 알 수 있었다.

"윤 선상은 팽상시엔 안그러는디, 시방은 겁나게 빡빡하당께." 호미를 들고 있던 할머니 한 분이 옆 사람 귀에 대고 말했지만, 모두에게 들렸다.

"그렁께잉, 쪼매만해도 야물어 시피 볼 수가 없당께."

"정자 할머니 다 들리거든요. 제가 이러는 건 다 어르신들 안전 때문이잖아요. 저번에 용갑 할아버지 다리뼈 부러진 것도 약주 드시고 피트에 들어가다 그리되신 거잖아요."

"허긴, 윤 선상이 틀린 말 허지는 않제. 처음부터도 윤 선상 말은 믿음이 절로 가더랑께. 그랑께 오늘 날 우리 마을이 유맹해져 부렀제이. 그렁께 테레비에도 나오고 그런 것 아니 것어잉."

"아, 또, 또 비행기 태우신다. 김준수 선생님! 마무리해주세요." 정아 누나는 준수 형에게 이렇게 말을 하고는 창고 쪽으로 걸어갔다.

"윤 선생님이 말씀 드린 대로 잘 하시면 되것네요. 다 아시것지만, 여그는 분교 천 선상님 자제 강희입니다. 오늘부터 여그서 저희들을 돕기로 했습니다. 한나절 또 재미지게 달려보드라고요. 고고." 준수 형이 외쳤다.

어른 몇 분이 알은 척을 하더니 모두들 자기 할 일들을 아주 잘 알고 있다는 듯 팀을 이뤄 흩어졌다. 준수 형과 눈이 마주쳤다.

"아, 참! 강희는 윤정아 선생님 따라 댕김서 일 좀 도와주면 되것네 알았제이? 이거 정아 누나 가져다 주고이."

준수 형이 디카를 건네며 말했다. 그때 창고에서 정아 누나가 나오고 있었다.

"윤정아 선생님! 강희 부탁하네이." 정아 누나가 엄지와 검지를 이용해 동그라미를 만들어 보였다.

"강희야! 이쪽으로 와." 정아 누나가 양철 쓰레받기 안에 몇 개의 연장과 솔을 넣어 앞장섰다.

"이거요."

"고맙다. 여기가 왜 말똥인지 알아? 저기 저 산이 말이야. 여기에서 보이는 부분이 말 엉덩이. 여긴 말이 싼 똥."

나는 고개만 끄덕거렸다.

정아 누나는 한동안 아무런 말없이 걷다, 우뚝 멈춰서더니 말했다.

"사라지고 싶을 때 있었니? 누구의 눈에도 귀에도 심지어 살갗에라도 띄고 싶지 않을 때 말이야."

나에게 묻는 말인 것 같았는데 중얼거리는 것이 혼잣말인 것도 같았다. 대답을 하지 않았다.

"바닷가에서 널 봤어."

"누나 만나기 전이었는데…."

나를 어떻게 알았느냐는 말을 하지 않았지만 정아 누나는 알아들은 것 같았다.

"해 질 녘 바닷가에 앉아 바다를 보는 사람은 그리 많지 않거든. 그것도 겨울 바다를 말이야. 미워하는… 그 뒷모습은 바로 알아볼 수 있었거든."

정아 누나 목소리가 조금 떨린다고 생각했다.

"끝이 보고 싶었어요. 근데 다시 시작이더라고요."

땅의 끝은 절벽이라고 생각했다. 그래서 더 이상 나아갈 수 없는 낭떠러지. 그런데 푸른 물이 끝없이 펼쳐지고 있었다. 땅의 끝은 바다의 시작이었다. 끝과 시작은 맞닿아 있어서 알 수 없는 것이었다. 끝은 끝이 아니었고 시작은 시작이 아니었다.

"발굴도 그런 것 같아. 끝과 시작이 공존해. 끝이라고 생각되는 곳이 비로소 시작되는 그런 거 말이야. 그동안 몰랐었는데 지금은 그런 생각이 들어."

정아 누나가 고개를 작게 끄덕거리며 낮은 목소리로 말했다.

제법 울창한 소나무 숲에 햇빛이 비쳐들었고, 나무 사이에 반짝거리는 것이 보였다. 거미줄에 남아 있는 이슬이었다. 풀이 우거진 무덤 몇 곳도 지났다. 앞서 걷는 정아 누나의 손에 들린 양철 쓰레받기에 쏟아지는 빛이 빛을 내며 튕겨나가고 있었다. 벌써부터 열기를 담은 바람이 지친 듯 느리고도 묵직하게 다가왔다.

"이런 걸 피트라고 불러. 이쪽 A지구 피트는 아직 작업 전인 곳과 일차적으로 작업이 끝난 곳이야."

앞서 걷던 정아 누나가 네모 모양으로 나누어진 곳을 가리키며 말했다. 전혀 손대지 않아 풀들이 무성한 곳 몇 곳을 지났다.

"여긴, 원형 주거지. 2500년 전 과거의 얼굴."

하얀 석회 가루가 둥그런 모양을 그리며 뿌려져 있었다. 그걸 본 순간 눈을 감고 말았다. 너의 마지막 흔적. 사람이 떠나고 남겨진 과거의 얼굴은 비슷한 모습이었다. 표식이 없다면 아무도 모를 존재의 소멸.

숨을 크게 내쉬고 눈을 떴을 때 정아 누나가 주거지 안으로 들어가는 것이 보였다. 주거지는 큰 걸음으로 어림잡아 다섯 걸음 정도 되는 크기였고, 깊이는 땅 아래로 삼십 센티미터 정도였다.

"석회 가루로 표시해둔 건 과거의 시간을 불러낸 것이지. 고고학은 먼 과거를 흙의 기억에서 소환하는 것이라는 생각이 들어. 너도 들어오고 싶음 들어와. 바닥은 단단하니까."

나는 나도 모르게 뒤로 한 발 물러섰다. 윤곽선 안으로 들어가면 나 역시 과거가 될 것 같아 두려운 생각이 들었기 때문이었다. 고개를 가로저었다.

"내 첫사랑이야. 10년 전 내 첫 발굴이 이런 주거지였거든."

정아 누나 말에 고개를 끄덕거렸다.

"이런 건 기둥 구멍이야. 흙이 까맣지. 나무 기둥이 있었던 자린데 썩어 없어진 거지."

기둥 구멍은 비슷한 크기의 원 여섯 개가 원형 주거지를 일정한 간격으로 빙 두르고 있는 모습이었다. 다른 곳에 비해 검은색을 띠고 있는 것도 같았지만 석회 가루 표식이 없었다

면 전혀 몰랐을 것 같기도 했다. 내 눈엔 다 같아 보이는 흙
이었다.

"기둥은 지붕을 떠받치고 벽체를 지탱했겠지. 이건 벽선이
라고 윤곽선 같은 거지. 간혹 끊기는 부분은 시간이 증발해
버린 곳. 이미 사라진 곳일 수도 우리가 놓쳐버린 곳일 수도
있고. 집중하지 않으면 잠깐 사이에 날아가버리거든. 발굴할
때 놓치면 영원히 놓치게 되는 거지. 되돌릴 수도 없고. 되돌
릴 수 없는 것이 이것뿐이겠니…"

정아 누나는 뭔가를 더 말하려다 그만두고 옆에 있던 파란
색 물뿌리개를 들어 올려 화초에 물을 뿌리듯 땅 위로 뿌렸
다. 물기를 머금은 땅은 색이 더 선명해졌다.

"이렇게 하면 흙의 차이점이 더 확실하게 드러나지. 발굴을
하다 보면 인간의 삶에 대해 흙만큼 예민하게 기억하고 있는
건 없는 것 같다는 생각이 들어. 물론 인간만큼 끈질기게 흔
적을 남기는 동물도 없고."

내가 고개를 끄덕거리자 정아 누나가 또 말했다.

"먼 과거 사람들의 공간에 내가 있다는 것이 가끔은 너무
비현실적으로 느껴질 때가 있어. 어마어마한 시간차를 뛰어
넘어 같은 공간을 공유하고 있다는 것이 먹먹하기도 벅차오
르기도 하거든."

정아 누나가 물뿌리개를 내려놓고 말했다.

"그리고 이건 취사 시설. 음식도 해 먹고 또 실내 온도를 올려주는 역할도 했겠지."

그곳의 흙은 다른 곳에 비해 더 붉고 단단하게 보였다. 정아 누나가 붉은 흙덩어리를 손끝으로 톡톡 치며 말했다.

"처음에는 다 비슷하게 무른 흙이었겠지만, 불에 달구어지면 이렇게 단단하게 돌처럼 변하지. 그래서 웬만해선 없어지지 않아. 흙으로 만들어진 건 가장 오래도록 많이 남아 있는 유물이기도 해. 주거지 아래에는 또 다른 시기 다른 사람들의 흔적이 있을 거야."

주머니에 있는 너의 흙 인형을 만지작거렸다. 단단했다. 쉽게 사라지지 않을 것 같았다. 너는 흙의 견고함을 이미 알았던 걸지도 모르겠다는 생각이 들었다.

"재밌는 이야기 하나 해줄까?"

고개를 끄덕거렸다.

"실험 고고학자들이 있는데 30년쯤 전에 현대의 쓰레기 매립장을 발굴했거든. 뭐가 가장 많이 나왔을 것 같니?"

"글쎄요. 철이랑 플라스틱 그런 거 아닐까요?"

"그렇지. 썩지 않는 재질이 오래도록 남아 있는 거니까. 거긴 그냥 일반 쓰레기를 매립한 곳이어서 라면 봉지가 엄청 나왔어."

"아, 그랬겠네요."

"그래서 이 시대 사람들의 주식은 라면이었다는 결론. 우습지? 가끔은 이런 증거들이 터무니없이 해석될 수도 있겠다는 생각이 들어. 과학적 추론이라고는 하지만. …어차피 우리는 그 시대에 살아본 적이 없잖아."

나는 고개를 또 끄덕거렸다.

주거지를 지나 여전히 풀이 자라 있는 몇 개의 피트를 지나쳐왔을 때, 정아 누나가 멈췄다. 피트 두 개가 나란히 연달아 있는 곳으로 한 곳은 꽤 깊어 보였다.

"여긴 시굴 트렌치. 시굴 트렌치는 시험 삼아 팠던 곳이라는 뜻이야. 여기에서 패총 유적이 잡혔어."

시굴 트렌치는 엄청 깊었다. 입구 쪽 벽에는 사다리가 세워져 있었고 반대편 벽에는 숫자가 써진 은색 길고 좁은 플라스틱판 여러 개가 높이를 달리해 꽂아져 있었다. 정아 누나가 사다리를 눈짓으로 가리키며 말했다.

"내려가볼래?"

아무 말 없이 고개를 가로 저었다. 정아 누나는 사다리를 타고 내려가다 가볍게 뛰어내렸다. 정아 누나가 숫자가 써진 흰 플라스틱 판을 가리키며 말했다.

"토층을 구분해놓은 거야. 바닥은 대체적으로 수평을 이루고 수직 방향으로는 성질이 다른 흙을 토층이라고 하거든. 그냥 보면 다 비슷해 보여도 자세히 들여다보고 시간을 들이게 되면 다르다는 걸 알게 되는 거지."

"다른 걸 안다는 것도 같다는 걸 안다는 것도 좋아하지 않
으면 모르는 거겠지? 그럴 거야." 어느 날 넌 이렇게 말했다.
　너와 안정후 사이에 심상치 않은 분위기가 흐른다고 생각
했던 때이다.
　"희주! 희주 아가씨!" 안정후가 널 부르더니 가운뎃손가락
을 세웠다. 안정후는 언제부터인가 너를 희주 아가씨라 불렀
다.
　"쟤가 너한테 왜 저러는데?" 너는 아무런 대답도 하지 않
았다.
　"강희! 넌 좋겠다."
　"뭐라고 지껄이는 건데?"
　"희주 아가씨에게 물어보면 되잖아? 그쪽이 훨씬 나을걸.
나에게 듣는 것보다는."
　"쟤 뭐라고 지껄이는 거냐?"
　"그냥 신경 쓰지 마. 저러다 그만두겠지."
　"네 일인데 내가 어떻게 신경이 안 쓰이냐. 내가 어떻게 해
줄까? 정후 자식 말이야."
　"정후 건드리지 마. 그냥 저러다 말겠지. 그냥 지금 화가 나
서 저러는 거야. 단지 나에게 화가 나서."

"말도 안 돼. 네가 누굴 화나게 할 사람이야?"

너는 아무런 말없이 일어서 밖으로 나갔다. 책상 위에 올려 둔 너의 휴대폰이 바르르 떨었다. 안정후의 톡이었다.

'너와 난 같지만 강희는 달라.'

너에게 묻지 않고 혼자서 오래도록 생각했다. 안정후와 너는 같고 나는 다른 것.

"다른 걸 안다는 것도 같다는 걸 안다는 것도 좋아해서일 거야." 네가 한 말을 다시 한번 생각했다.

"시간도 다르고 품고 있는 것도 달라. 여기 V-1이 현재에서 가장 가까운 시기의 토층이고 I-14가 가장 오래된 토층이지. I-14 같은 경우는 패각이 쌓이기 전 토층이야. Ⅲ-8 여기에서 사슴 어깨뼈 복골이 나왔지. 조개껍데기가 석회질이라 그런지 뼈들이 잘 보존되어 있었어."

"목걸이를 뼈로 만들었어요?"

"엥! 목걸이 말은 안 했는데. 아, 너 복골을 목걸이로 알아들었구나? 복골은 뱃사람들이 점을 치던 뼈야. 구제 발굴 때 유물은 이미 박물관에 가 있어서 지금 당장 보여줄 수는 없지만, 내 피트에서도 나올 수 있어. 그때 보면 확실하게 알 수 있을 거야."

정아 누나는 자기 피트에 들어가기 전에 고무신으로 갈아 신었다.

"피트 안에서는 등산화처럼 바닥이 너무 딱딱하거나 두꺼운 신발은 신지 않아. 다들 그러는 건 아니지만 나는 그래. 바닥이 딱딱한 신발은 흙에 민감하지 못하다는 생각이 들거든. 이렇게 바닥이 얇은 고무신을 신고 걸으면 흙의 기억을 놓치지 않을 것 같아서. …내가 많이 무딘 편이라."

정아 누나 목소리가 조금 떨리는 것 같았다. 고개를 숙이고 땅을 쳐다보고 있는 누나 어깨가 작게 흔들리는 것도 같았다.

"흠… 들어올래? 아님 나중에?"

"나중에요."

"흠, 그래, 그럼. 내가 필요할 때 도움을 청하면 그때 좀 도와줘."

정아 누나는 목을 가다듬고 말했다. 여전히 고개는 숙인 채 호미로 땅을 긁어내고 긁어낸 얼마 되지 않는 흙을 쓰레받기에 쓸어 넣었다. 호미로 긁어낸 흙은 양이 많지 않아 쓰레받기가 천천히 채워졌다.

"당분간은 황갈색 사질 혼패층이 계속 이어질 것 같아. …아, 무슨 말인지 모르겠지?"

내가 고개를 끄덕였다.

"어려울 건 없어. 자, 이걸 봐봐. 흙 색깔이 황갈색, 여기 모래라서 사질, 그리고 조개껍데기가 섞여 있어 혼패층. 이런 식으로 토층 이름을 정하지. 별거 아니지?"

정아 누나가 흙을 조금 집어서 보여주며 말했다.

"여기 흙 좀 버려줄래? 가장 가까운 흙무더기에 쏟고 오면 돼."

정아 누나가 어느새 흙이 수북하게 차 있는 쓰레받기를 내밀었다. 쓰레받기는 꽤 무거워 두 손으로 받아들어야 했다. 주머니에서 한 손을 뺄 때, 주머니 속에 있던 너의 흙 인형이 튕기듯 피트 안으로 떨어졌다. 원래부터 거기에 있던 것처럼 자연스럽게 흙과 어우러진 모습이었다.

"원래부터 여기에 있었던 것 같네."

정아 누나가 흙 인형을 주워 올리며 말했다.

"친구가 만든 거예요."

"토우 같구나. 그 친구는 무슨 소원을 담았을지 궁금하다."

너의 말이 떠올랐다.

"내 인형은 토우 정도라고 해두자. 그리워하는 마음, 바램을 담은. 다음에 내 마음에 꼭 드는 옷을 살 거야. 시간이 걸리겠지만, 너에게 가장 먼저 보여줄게. 기다려줘."

흙을 비우고 돌아왔을 때 정아 누나는 사진을 찍고 있었다.

"토기 조각들이야. 회색 연질 토긴데 색은 회색, 연질은 무르다는 뜻이야. 출토 상태 사진을 찍는 거야. 모든 유물은 어디서 어떤 모습으로 출토되었나를 정확하게 남겨야 하거든."

카메라 셔터음 소리가 연달아 들렸다. 사진은 토기 바로 앞에서도 피트 밖에서도 찍었다. 정아 누나는 다시 피트 안으로 들어가 묻혀 있는 토기 조각을 드러내는 작업을 했다. 아주 작은 꽃삽으로 흙을 파고 붓으로 털어내는 작업을 끊임없이 반복했다. 토기의 어떤 조각들은 서로 겹쳐져 있기도 했고 어떤 조각은 멀리 떨어져 있기도 했다.

"완형인 것 같아. 구연부, 저부, 동체부 일부가 다 남아 있어. 사람으로 설명하면 구연부는 입, 동체부는 배, 저부는 발이라고 할 수 있지."

발굴 작업이란 내가 지금까지 봐온 일 중 가장 알 수 없고 가장 느린 작업인 것만은 확실했지만 뭔가에 대한 기대가 사라진 지 오래된 나에게 뭔가를 기대할 수 있게 하는 일이기도 했다.

엄마가 편지를 내밀며 말했다. 이사 오기 전, 이사 오는 사람에게 이곳 주소를 알려줬다고 했다.

봉투를 열어보니 봉투가 하나 더 있었다. 봉투에는 "느리게 가는 우체통 복암리 고분 전시관"이라고 써져 있었다. 복암리 고분 전시관이라면 전에 살던 대도시 근교에 있는 박물관이었다. 네가 그 길을 달렸던 이유를 알 수 있었다. 오랫동안 호흡을 정지한 뒤 봉투를 열었다. 너의 스케줄러 속지였다. 너의 스케줄러가 다 파먹은 키위 껍질처럼 보였던 이유였다. 뭔가를 적는 네 모습이 생각난다. 그날부터 넌 스케줄러를 휴대폰처럼 지니고 다녔다. 휴대폰은 종종 잊었지만 스케줄러를 잊는 경우는 거의 없었던 것 같다.

벌써 여러 해가 지났지만 나는 그날의 기분을 지금까지도 생생하게 느끼고 있다. 가장 기분 좋은 날이었고 처음으로 만족스런 날이었다. 그렇게 내가 아름다웠던 적은 처음이었다. 그렇게 완벽하게 편안하고 온전한 숨을 쉴 수 있었던 날. 거울 속 내 모습이 처음으로 낯설지 않았다. 처음으로 막막하지 않았다. 그동안 거울 속 내 모습은 좀처럼 친해질 수 없는 모습이었다. 내가 원하는 내 안의 모습은 이런 게 아니라는 생각에 늘 고통스러웠다. 레지나 공주 옷은 레이스가 풍성하게 달려 있어 빈약한 가슴도 불룩한 앞섶도 가려주었다.

"진짜 레지나 공주처럼 보여!"

공주 옷으로 갈아입고 화장을 한 내 모습을 본 너는 놀라서 말했다. 세상에서 가장 듣고 싶은 말을 세상에서 가장 좋아하는 네가 해주었다. 처음으로 내가 좋아진 날이었다. 너는 왕자 나는 가장 행복한 공주였다. 사진을 찍자고 했을 때 그러자며 넌 어정쩡한 자세로 한 발쯤 떨어져 서 있는 나에게 바짝 다가와 어깨동무를 했다. 키 차이가 너무 나서 각이 나오지 않는다며 너는 매너 다리를 했다. 내 얼굴과 네 얼굴이 너무 가까웠다. 거인의 발소리만큼 큰 소리를 내며 심장이 뛰었다. 내 심장 뛰는 소리를 너에게 들킬까 봐 조마조마 했었지만 행복했다.

희! 너는 이름처럼 즐겁고 따뜻하고 친절해.

희! 네 이름을 부르면 입김에 코끝이 간질거리고 가슴이 뛰어.

희! 네 이름을 부르면 비참함은 사라지고 두려움도 사라져.

희! 네 이름을 부르면 나에게 날개가 생긴 것 같아.

너무 기쁘다. 너는 나의 말을 그냥 흘려듣지 않았다. 그렇게 보고 싶었던 영화(대니쉬 걸)를 기억하고 있었다. 너는 내가 분홍색을 광적으로 좋아한다는 사실도 이미 알고 있었다. 아무런 말 없이 나에게 분홍색 USB를 내밀었다. 너란 아이를 사랑하지 않을 사람은 없을 것이다. 내가 함께 보자는 말을 했을 때 너는 손사래를 치며 싫다고 말했다. 너는 총 쏘고 날아다니고 깨부수는 영화가 아니면 절대 보지 않는다며. 내가 좀 더 졸랐다면 너는

늘 그랬던 것처럼 툴툴거리면서도 나와 함께 영화를 보았을 것
이다. 하지만 나는 네가 아직은 준비가 되어 있지 않다는 걸 안
다. 아니다 준비는 내가 아직 되어 있지 않다. 나는 여전히 너에
게 온전하게 나를 내보일 수 없다. 너는 대충 어떤 영화인지 물
었다. 예술가들 이야기라고 했더니 넌 그냥 고개를 끄덕거렸다.
또 다른 사랑이야기라는 말은 마음속으로만 했다. 네가 나에게
무언가를 묻는다면 나는 거짓을 말할 수는 없었을 것이다.

내가 가장 두려워하는 것은 너를 잃는 일이다.

너와 멀어지는 것이다.

너를 볼 수 없는 것이다.

너에게 거짓을 말하는 것이다.

나는 뭘까?

사월 사일

 나는 이 편지가 계속 올 거라는 걸 알았다. 느리게 가는 우
체통의 편지는 1년 후에 도착하는 편지라는 걸 알고 있기 때
문이다. 그럼 여전히 넌 내 옆에 있는 건지. 너의 시간은 멈추
지 않은 것인지. 너는 어떤 사람인지.

 발굴 작업은 거의 변화가 없는 일이었다. 뭔가가 연달아 나

오는 날도 있었고 하루 종일 아무것도 안 나오는 날도 있었다. 나오는 것도 비슷비슷한 토기 조각이 다인 경우가 많았다. 정아 누나는 아무것도 보이지 않는 땅을 조심스레 긁어내고 긁어낸 흙을 손가락으로 비벼보고 심지어 냄새까지 맡았다. 오후 작업도 거의 마무리 지을 시간이었다. 아무런 말 없이 한참 흙을 들여다보던 정아 누나가 소리쳤다.

"복골이다. 강희야! 복골이야. 잠깐, 가까이 와서 볼래?"

나는 고개를 가로 저었다.

"그럼 기다려. 어차피 수거해 갔다 다시 가져와야 하니까. 출토 사진 찍고 보여줄게. 이때쯤 나올 줄 알았다니까."

정아 누나는 복골이 흙에 덮여 있는 상태로 사진을 몇 장 찍었다. 다시 복골 주변 흙을 정리했다. 이번에도 신중하기는 마찬가지였다. 작은 꽃삽으로 조심스럽게 흙과 돌을 치우고 잔 흙은 붓으로 털어냈다.

"구제 발굴 때 출토된 복골보다 상태가 좋아. 떨어져 나간 부분은 끝부분 조금이야. 강희 너 아주 제대로 된 복골을 볼 수 있겠어. 사슴 뼈는 가공하기가 쉬워 바늘로도 제작을 많이 했지."

어느새 복골 주변이 말끔하게 정리되었다. 정아 누나는 정리된 상태의 복골 사진을 더 찍은 뒤 솜이 깔려 있는 바구니 안에 조심스럽게 놨다. 복골은 접이식 부채를 반 정도 벌려놓은 모양이었다.

자세히 들여다보니 거기엔 불에 덴 자국처럼 생긴 작은 동그라미들이 열을 지어 찍혀 있고 동그라미 사이사이에는 실금이 아무렇게나 나 있었다.

"주로 사슴의 견갑골을 복골로 많이 사용했어. 거기가 얇고 넓어서 구멍 내기도 용이했을 거야. 불에 달군 날카로운 돌 같은 것을 써서 동그란 무늬를 만들어내는 거였을 거라고 생각해."

정아 누나는 정확하게 어떤 방법으로 길흉을 예견했던 것인지 알 수 없지만 금이 갈라지는 방향이나 그 정도를 가지고 했지 싶다는 말을 했다. 그러나 그 실금은 확률이 통할 것 같지 않게 자유분방했다.

"오늘은 어땠어? 오늘은 굉장한 게 나왔어?"

집에 들어가자마자 엄마가 말했다.

"발굴은 보물찾기가 아니야. 인간의 무늬를 찾는 작업이야라고 정아 누나가 말했어요."

"외울 정도로 인상 깊었던 거니?"

"복골이 나왔어. 사슴 뼈로 만들어진 것인데 그걸로 뱃사람들이 점을 쳤다나 봐요. 여기가 바다가 가깝잖아요. 바다는 늘 예상할 수 없는 존재였으니까. 불안했을 거 같아요. 그래서 먼 바다에 나갈 때마다 날씨를 알고 싶었나."

내가 말하는 걸 듣는 내내 엄마 얼굴에는 미소가 떠나지 않았다.

"그래, 그렇겠구나. 나도 보고 싶구나. 복골이 말이야."

"복골이가 아니라 복골. 목걸이 같은 그런 것이 아니고 부채처럼 생겼어요. 자세히 들여다보면 불로 지져서 만든 동그라미가 있는데 뒤집어서 보면 실금이 가 있거든요. 그걸 보고 좋은지 나쁜지 알았대나 봐요."

"네 얘기가 재밌어서 잊고 있었네. 자, 이리로 곧장 왔어. 복암 박물관에 전화했거든. 이곳으로 보내달라고 했어."

엄마가 너의 편지를 건네줬다.

아프다. 넌 독감으로 학교에 나오지 못하고 있다. 이틀째 널 못 보고 있다. 널 볼 수 없는 시간들, 미칠 것 같다. 아무것도 손에 잡히지 않는다. 수십 번 전화기를 집었다 놓았다 했다. 너의 목소리를 듣게 된다면 울음이 터질 것 같다. 내가 무슨 말을 쏟아낼지 알 수 없다. 그래서 전화도 문자도 하지 않았다. 아직은 때가 아니다. 내 마음을 다시 보이지 않는 구석으로 밀어 넣는다.

감기를 호되게 앓았었다. 그때 너는 나에게 전화 한 통 없었다. 나중에 학교에서 정후랑 심각하게 이야기를 나누고 있는 너를 발견했다. 둘 다 나를 피하는 눈치였다. 나는 무색함을 감추려고 큰 소리로 말하며 너희에게 다가갔다.

"야! 강희준. 니가 병문안을 안 와? 애정이 식었냐?"

나는 너에게 헤드록을 걸었다. 그때 뒤에서 정후가 비웃듯이 말했다.

"넌 항상 그렇게 애매모호하게 행동하지. 비겁하다는 생각 안 드냐?"

"뭐래니? 헛소리는 그만해라. 너랑 말씨름할 힘도 없다."

"비겁한 새끼! 모르는 척 하지 마. 재수 없으니까."

"불만이 뭐냐? 나 뭐 잘못했냐?"

"넌 비겁한 새끼야! 넌 단 한 번도 희준이를 이해한 적 없으면서. 단 한 번이라도 마음을… 됐다."

"뭐? 말을 끝까지 해야지 알아듣지!"

"진짜 다 해줘? 진짜 듣고 싶어?"

나는 대답을 못했다.

"그렇지. 이게 네 모습이지. 끝까지 비겁한 새끼네."

나는 더 이상 반박할 수 없었다. 안정후 말이 어쩌면 맞을 수도 있다는 생각이 문득 들었기 때문이었다.

너에게 날 말하고 싶다. 그 아인 네 곁에 있으려면 그러지 말아야 한다고 한다. 맞는 말인 것 같다. 그 아인 더 이상 욕심 부리

지 말라고도 했다. 지금 이대로가 최선이라고 생각하자. 날마다
널 볼 수 있다는 것만으로도 가슴이 벅차올랐던 사실을 잊지 말
자. 지금 충분히 가깝다고 생각하자. 지금 충분히 행복하다.

오월 오일

나는 늘 피하기만 했다. 진지하게 나오면 겁부터 났다. 나
는 항상 두려움에 물러서는 선택을 했다. 끝끝내 막연하게
생각하고 있던 두려운 질문은 절대 하지 않았다. 너는 뭔가
를 말하려다 자주 그만두었다.
"침묵하는 것도 거짓말인 거잖아?"
너는 가끔 나에게보다는 혼잣말인 것 같은 질문을 했다.
"…막연하게 생각하는 어떤 것은 그냥 막연한 채로 두는
것이 나을 때도 있어."
"그렇지. 네 말이 맞아. 그럴 거야."
너는 내 말에 맞장구를 치고 있었지만 왠지 나는 네가 아
니라고 하는 것 같았다.

그 아이의 마음을 받을 수 없었다. 그 아이가 얼마만큼 힘들게
고백을 했는지 알고 있다. 그래서 그 아이의 마음을 받아들일까
잠깐 흔들리기도 했지만 마음속에 다른 사람을 담아두고 있으

면서 네 마음을 받을 수 없다고 했다. 그건 너에 대한 예의도 그 아이에 대한 예의도 나 자신에 대한 예의도 아니라면서. 그 아인 원망에 찬 눈으로 나를 바라봤다. 내가 당한 만큼 너도 꼭 당해보라고 소리를 질렀다. 마음을 거절당하는 것이 어떤 기분인지 너도 꼭 느껴보라는 말을 하더니 돌아서 가버렸다. 나는 벌써부터 두렵다. 그 아이에게 버림받을 거라는 생각에, 지금 저 아이처럼, 그 아이도 잃을까 두렵다.

유월 육일

시간이 지날수록 피트 깊이는 깊어졌다.

"오늘은 너도 피트 안에 들어와볼래?"

정아 누나가 사다리를 피트 벽에 세우며 말했다. 이번에도 나는 뒷걸음질을 쳤던 것 같다.

"아직도 들어오는 것이 싫은 거야? 쓰레받기 들어 올리는 것이 힘에 부치거든. 어르신에게 피트 안으로 들어오시라 할 수도 없고. 좀 난감한데."

지금까지 나는 피트 위에서 정아 누나가 퍼 담아주는 흙을 받아 버리는 일만 했다. 점점 깊어지는 피트만큼 안에서 작업하는 정아 누나의 일이 늘어났다. 무거운 쓰레받기를 피트 밖으로 들어 올려주는 일도 정아 누나 힘에 부치는 일이었다.

며칠 전 부터 정아 누나 피트에 인원보강을 해야겠다는 준수 형 말을 정아 누나가 아직은 해볼 만하다며 거절했었던 걸 떠올렸다. 여전히 머뭇거리는 나를 보더니 정아 누나가 또 말을 했다.

"많은 위밍업이 필요한 일도 있는 법이지. 하지만, 충분한 위밍업이 되었어도 알지 못하는 경우도 있고. 음, 내가 생각하기에 넌 지금 후자인 경우 같은데. 어때?"

위에서 내려다본 피트는 제법 깊어, 사람의 키를 넘어섰고, 사다리가 필요한 높이가 되었다. 나는 침을 꼴깍 삼켰다. 사다리 난간을 잡은 손에 힘을 잔뜩 주었다. 손가락뼈가 하얗게 비칠 만큼. 정아 누나가 아래에서 사다리를 단단히 붙잡더니 나에게 눈짓을 했다. 발을 들어 올리는 찰나의 허공에 뜬 느낌에 다리가 후들거렸다. 사다리를 붙잡은 손에 더 단단하게 힘을 주었다.

"무서워하지 마. 절대 놓지 않을 거야."

내가 움직이지 못하고 있자 정아 누나가 말했다. '놓지 않을 거야' 라는 정아 누나의 말에 발을 뗄 수 있었다. 네가 생각났다. 붙잡을 것 하나 없었던 너의 그 오랜 시간들은 얼마나 공포였을지. 저절로 눈이 감기고 말았다.

널 놓은 적이 없다고 생각했다.

늘 네 옆에 있었다고 생각했다.

아닌 것 같았다.

"자, 내 손을 잡아."

정아 누나가 손을 내밀고 있었다. 정아 누나의 손을 잡았다. 따뜻한 손이었다. 단단한 마음을 건네받은 느낌이었다.

"어마어마한 시간을 단숨에 건너뛰어 여기에 있는 거야. 너는 지금. 아주 오래전 이곳에서 숨 쉬고 사랑하고 미워하고 기뻐하고 슬퍼하던 누군가를 만난거야."

정아 누나 얼굴은 상기되어 있었고 말하는 내내 입가에 미소가 떠나지 않았다. 이걸 보고도 알지 못하면 구제불능이라는 말과 함께 안정후가 나에게 보내온 너의 사진을 생각했다.

막 사귀기 시작한 여자애와의 톡을 너에게 보여주고 있을 때였다.

"야! 그리 좋냐? 남의 속도 모르고."

안정후의 비아냥거리는 소리에 고개를 들고는 무슨 소리냐고 눈으로 물었다.

"뭘 알고 있으면서 묻기는? 너 정말 몰라?"

안정후가 너를 보며 나에게 말했다. 너는 고개를 가로저었다. 뭔가를 말하고 싶어 하는 안정후에게 안 된다고 말하고 있는 것 같았다.

"한 번이라도 희준이를 지켜본 적 없지? 한 번이라도 있었

240

으면 모를 리 없지. 이렇게 티 나는걸."

안정후가 무슨 말을 하는지 알 수 없었지만 걔가 보내온 사진을 보고 안 것이 있었다. 네가 나를 바라보며 웃고 있는 모습. 지금 정아 누나의 모습과 닮아 있었다. 그땐 너의 미소를 이해하지 못했다. 아니면 모른 척했을 수도.

"사랑을 하는 것 같아요. 지금 누나 모습."

"지금까지 들은 말 중 최고의 칭찬인걸. 그동안 욱정아라는 말을 많이 들었거든. 화가 많이 쌓여 있는 것 같다고. … 한 친구가 있었는데 내가 제일 미워하던 친구. 그 친구의 선택을 알 수 없었거든. 발굴장에서 10년이라는 시간을 보내게 되면서 줄곧 생각했는데, 그 마음이 보이더라. 그럴 수도 있겠구나 하는 마음"

너의 마음을 생각했다. 아무래도 마음의 깊이란 10년 동안은 줄곧 파야만 도달할 수 있을 정도로 깊은 걸까. 아니면 끝내 도달할 수 없는 곳인지도 모르겠다는 생각을 했다.

"처음 얼마 동안은 삽으로, 포크레인으로 흙을 파내는데, 유적층이 보이면 이렇게 감자 껍질 벗기듯이 지층을 까나가야 돼. 이렇게 해야만 뭔가를 놓치는 실수를 줄일 수 있거든."

"느그 둘이는 꼭 의좋은 남매 같다야. 그란디 머리 맞대고 뭔 이야기를 그렇게 심각하게 하고 있냐? 불러도 대답이 없

어서 내가 왔지 않것냐. 간식시간이어야. 쉬엄쉬엄 해야 지치
지 않고 계속할 수 있는 것이제."

준수 형이었다. 시계를 보니 벌써 오전 간식 시간이었다.

컨테이너 사무실에는 발굴단원들이 모두 모여서 잡담을
나누고 있었다. 발굴단 형 하나가 마실 것과 간식을 챙겨주
었다. 정아 누나는 빵을 거절하고 마실 것만 받아들었다.

소나무 숲이 가까운 나무 그늘에서는 마을 어른들이 모여
간식을 먹고 있었다. 막걸리 병이 오가는 것이 보였다. 정아
누나는 그 모습을 보고도 웃고 지나갔다. 오늘 아침에도 역
시 정아 누나는 어른들에게 금주하라는 당부를 했었다. 하긴
그동안 막걸리 병이 오가는 광경은 자주 봐왔던 것이긴 했
다. 정아 누나는 말로만 어른들에게 겁을 줄뿐 벌칙을 줄 생
각은 없어 보였다.

"정아야! 너! 지금 뭐하는 짓이냐이? 유물 다 파 묵고 있냐
지금."

정아 누나의 호미 끝에 뭔가가 부서져 나가고 있었다. 무슨
생각을 하고 있었는지 누나는 유물을 놓치고 있었던 것이다.

"아, 미안해요. 잠깐 딴 생각을 하다. 이러면 안 되는 건데."

정아 누나는 자책하고 있는 것 같았다.

준수 형이 사다리를 타고 아래로 내려왔다.

"걱정허지 말어라. 심각하지는 않구만."

준수 형 목소리는 어느새 부드러워져 정아 누나의 움츠린 어깨를 토닥이고 있었다.

흙을 파헤치는 정아 누나의 손은 천천히 조심스럽게 움직였다. 그러다가 신중하게 멈췄다. 누나는 이번에는 호미를 놔두고 그것보다 더 작고 가느다란 연장을 집어 들어 뾰족한 끝부분으로 미세한 부분에 끼어 있는 흙을 조심스럽게 긁어냈다. 마치 파이의 켜를 떼어내듯 온 신경을 집중하는 모습이었다. 준수 형도 나도 정아 누나의 손끝에서 모습을 드러내고 있는 유물을 보고 있었다. 숨소리도 제대로 내지 않고 있었다.

"토기 아래에 깔린 게 있어요. 토기인 것도 같은데…."

정아누나가 작은 붓으로 흙을 털어내며 말했다. 그 모습을 지켜보며 나는 마른 침을 삼켰다. 5분 이상 흙을 파내고 있었지만, 그것은 아직도 땅 속에 파묻혀 있었다. 답답해 보인다고 생각할 때였다.

"무수 뽑데끼 쑤욱 뽑아 불먼 시원하겄구만"

옆 피트에서 일하는 팀장 할아버지였다. 아까 전에 준수 형의 고함소리 때문에 여기로 온 것 같았다.

"아따, 어르신! 고렇게 해불면 도굴꾼이랑 진배 없당께요. 유물이 어디에 있냐에 따라서 시대도 달라져불고 또 뭣이랑 같이 나왔냐에 따라서 의미도 완전 달라진당께요."

준수 형 말에 팀장 할아버지는 뒷머리를 긁적거렸다.

고고학이라는 학문은 시간과 공간이, 날줄과 씨줄이 되어 만드는 과거의 의미를 읽어내는 것이라는 말을 정아 누나에게 들은 것 같았다.

"그런디, 처음부터 궁금했는디. 아무 디나 파먼 이런 거이 막 나온당가?"

팀장 할아버지 말처럼 나도 이런 생각을 했다. 보이지도 않는 땅 속을 이 사람들은 무슨 재주로 알아내는 걸까 하고 말이다.

"아따 어르신, 우덜이 뭐 점쟁인줄 안당가요. 작년 겨울부터 우덜이 조사하지 않던가요. 측량도 하고 여기저기 돌아 댕김서 살펴도 보고, 여쭤도 보고 그랬잖여요. 맨땅에 헤딩할 일이라도 있는 감요. 멜겁시 땅 파게."

"아, 남아 있는 거나 공반 유물로 보니 새 모양 토기로 보이네요." 정아 누나가 아쉽다는 듯 말했다.

아무리 새 모양을 상상해봐도 알 수 없었다. 새 모양을 상상하기엔 그냥 흙덩어리로 보일 뿐이었다.

"이놈이 딱 온채로 나와 부렀으면 좋을 거신디. 수고해이."
준수 형이 피트 밖으로 나가며 말했다. 밖에 있던 사람들도 모두들 각자의 피트로 돌아갔다.

흙과 돌을 정리하던 정아 누나가 말했다.

정아 누나가 정리하는 흙에는 조개껍데기가 많이 섞여 있었다.

"이 층은 뭐라 불러요?"

"여긴 Ⅱ-9층, 조개껍데기가 잔뜩 섞여 있지? 그래서 혼패층. …새는 말이야. 영혼을 하늘로 인도해주고 풍요를 가져다준다고 믿었지. 그래서 실생활에서 사용했던 것은 아니고 제사에 쓰이는 의례용기로 추측하고 있어."

"아무리 봐도 새인지 모르겠어요."

"음, 날개를 펼친 새의 정면이라고 생각해봐. 그리고 이 토기가 공반 유물이거든. 다른 곳에서도 이 토기랑 출토된 적이 있어. 공반 유물이란 음, 쉬운 말로 하면 친구 유물. 존재가 다른 존재를 증명해주는 거야."

"사라져서, 이미 없는 걸 증명할 수도 있나요?"

"함께 한 시간과 같이 했던 경험은 사라지는 것이 아니잖아. 기억을 가지고 잊지 않는다면, 끊임없이 기억을 기억한다면 가능하지 않을까?"

"아들! 오늘은 기분이 별로인가 봐?"

엄마는 여전히 나의 기분을 살핀다.

"공반 유물이라는 것이 있대. 친구 사이 같은 유물이어서

서로를 증명해주는."

엄마 눈이 커졌다. 놀란 것 같았다. 이유를 알 수 없었다.

"짱친 같은 관계? 너랑…."

엄마가 말을 얼버무리고는 내 눈치를 살폈다.

"엄만 어때?"

"뭐가?"

"그냥 다."

"나야 뭐 그럭저럭. 넌?"

"나도 뭐 그럭저럭."

"편지 배달이요."

엄마가 편지를 내밀며 말했다.

"고마워요. 그런데, 그거 어딨어요? 구릉에서 가져온."

"아! 그거? 아까 좋았어. 옛날의 너로 돌아간 것 같아서!"

무슨 말인지 몰라 어리둥절하고 있을 때 베란다 쪽으로 걸어가던 엄마가 뒤돌아서더니 또 말했다.

"깍듯할 필요 없다고."

엄마의 말뜻을 알 수 있었다.

"씻어서 말려뒀어. 여기."

"고맙. 고맙."

다시 보니 오늘 출토된 새 모양 토기와 비슷한 구석이 있었다. 흙으로 만들어진 것은 좀 묘한 데가 있는 것 같았다. 보고 싶은 대로 보이는, 네 흙 인형처럼.

방안에 들어갔을 때 부엌에서 들려오는 엄마 노랫소리를 들을 수 있었다. 엄마의 노래는 무슨 노래인지 알 수가 없다. 음정, 박자 틀리는 건 기본이고 가사조차도 자기 마음대로다.

넌 좋아하는 여자애가 생겼다고 말했다. 넌 그 여자애에 대해서 말할 때 얼굴이 상기되어 있었고 연신 웃고 있었다. 나는 그냥 웃으며 고개를 끄덕거렸다. 잘해보라며 마음에도 없는 말을 했다. 너와 헤어져 돌아오는 길에 제대로 걸을 수조차 없어 한참을 그냥 주저앉아 있었다. 차에 치여 길에 방치된 것처럼 처참하고 쓸쓸하고 고독하다. 나는 정말 쓸모없는 존재인 것 같다. 나는 내가 정말 싫다. 이러는 내가 정말 싫다. 나는 왜 이렇게 태어난 걸까?

너는 갑자기 내가 어떤 모습이어도 나를 친구로 생각할거라는 말을 했다. 우정은 우정일 뿐 사랑이 될 수 없다는 확실한 선긋기로 들렸다. 고백 따위는 절대 하지 말라는 소리로도 비록 너의 감정이 나와 같지 않다고 해도 우린 친구일 수 있다는 말로도 해석해보았다. 고백을 한다면 이전 관계로 돌아가기는 힘들 수도 있을 것이다. 하지만 옆에 있어 늘 괴롭기 보다는, …이제 마무리를 지어야겠다. 끝내고 싶었다. 끝을 하루 더 연장시키고도 싶다. 이렇게 한다면 너를 하루 더 너를 볼 수 있을까??????? 그만. 픽시를 타야겠다. 픽시에 올라타고 있으면 달리는 것 외엔 아무런 생각을 하지 않을 수 있다. 달리기만 하면 된다. 앞으로 나아가기만 하면 된다. 픽시를 타고 달리면 너에게 가는 길을 조금씩 앞당기고 있다는 생각이 든다. 그래서 좋은 것일 것이다.

마지막 장, 사진이 붙여져 있었다.

스케줄러와 너의 흙 인형, 그리고 나의 증명사진을 찍은 사진이었다.

세상에서 내가 가장 사랑하는 세 가지

팔월 팔일

더 이상 너의 편지는 오지 않을 것이다.

"희! 안녕!"
빛이었다.
"희! 안녕!"
바람이었다.
"희! 안녕!"

냄새였다.

"희! 안녕!"

노래였다.

어둠이었다

사라진 존재였다

안녕이라는 말만 남기고 사라져버렸다. 꿈이었다. 희준에게서 여러 통의 부재중 전화가 와 있었다. 학원에서 무음으로 해놓았던 휴대전화는 계속 그 상태로 있어서 잠이 들었던 나는 희준의 전화를 여러 번 놓쳤던 것이다. 희준에게 전화를 걸었지만 전화기가 꺼져 있었다. 전화기를 잡은 손이 심하게 떨렸지만 톡을 보냈다.

튀어 와

없어지지 않는 숫자 '1'은 불길했다. 몇 번이고 기도하는 심정으로 눈을 감았다 떠 또다시 톡을 봤다. 1이라는 숫자는 영원히 사라지지 않을 것처럼 보였다. 나도 모르게 눈물이 흘렀다.

빗길에 희준의 자전거가 넘어졌다. 브레이크가 없는 희준의 자전거는 가속이 붙어 가로등에 크게 부딪쳤다. 희준은 공중으로 떠올랐다. 희준이 나에게 오기 위해 필사적으로 페

달을 밟았다. 어쩌면 희준은 날았는지도 모르겠다.

비가 내리고 있었다. 야외 작업이 취소되고 실내 작업을 한다고 했다. 가게 집에 도착했을 때 수돗가엔 전인대 박물관이라는 글자가 찍힌 노란색 바구니가 여러 무더기로 나뉘어 쌓여 있었고, 물이 가득 찬 커다란 고무물통 두 개에는 토기 조각들이 담겨 있었다. 그것들은 설거지통에 담긴 그릇처럼 보였다.

"강희 왔냐? 오늘은 유물 세척 해볼 텐가? 생각해보면 발굴도 농사짓는 거랑 다를 것이 없는 것 같아야. 하늘이 정해준 날씨대로 움직여야 항께. 맑은 날은 밖에서 궂은 날은 안에서."

준수 형은 말을 하면서도 손으로는 쉬지 않고 토기 조각에 붙은 흙을 칫솔질로 털고, 흐르는 물로 씻어내고 있었다. 수돗가에 모인 형, 누나들은 모두들 같은 작업을 하고 있었다.

정아 누나가 보이지 않아 두리번거렸다. 마루 끝에도 노란 박스가 쌓여 있었다. 그 틈새로 누나의 체크셔츠가 나타났다. 내가 인사를 하며 다가가자, 손에 들고 있던 토기 조각에 뭔가를 써넣고 있던 누나가 웃어 보이더니 나에게 말했다.

"유물들에 기록을 남기고 있어. 토기 조각 하나도 빠짐없이, 언제, 어디서를 기록해야 하거든. 유물의 출생증명서 같은 거."

"이거요. 봄에 구릉에서 주운 거예요. 흘러내려와 있길래."

내 손에 있는 걸 보자마자 놀라서 정아 누나 눈이 커졌다.

"찾았다! 잠깐만 기다려봐."

정아 누나가 들고 나온 바구니에 전에 발굴한 새 모형 토기 조각이 있었다. 여전히 새가 상상되지 않았지만, 정아 누나가 내 손에 있는 토기 조각을 바구니 속 조각에 놓자 완벽하게 들어맞았다. 조각일 땐 아무것도 아닌 것 같았다. 무엇인지 알 수도 없었지만, 하나가 되는 순간 새가 되었고 그 새는 높이 날아오르려 하고 있었다. 어쩐지 두 마리가 합체해야만 날 수 있는 너의 우정 새와 닮은 것 같았다.

그동안 정아 누나의 피트에서는 여러 가지 종류의 토기도, 복골도, 골각기도, 방추차도, 부러진 화살촉도 여러 점 출토되었다.

"드디어 땅의 가장 밑바닥이다. 끝임과 동시에 시작이지. 우리들을 만나는 순간 끝났고 동시에 시작된 거지. 아주 나중에 우리가 있었던 흔적을 누군가는 찾게 되겠지."

정아 누나는 호미질을 멈추며 긁어모은 흙을 손으로 만졌다. 누나가 하는 것처럼 나도 흙을 한줌 집어 손가락으로 비벼보았다. 전의 흙보다는 딱딱한 느낌이었다.

"지금까지 우리가 보아온 흙은 바람과 햇빛과 인간의 호흡과 땀과, 씨앗들이 사이사이에 끼어들어가 틈새가 헐거워 부드러웠다면 지금의 바닥은 아무런 것에도 틈입을 허락하지 않았던 완고함 같은 것이 있어."

정아 누나 말대로 느낌이 달랐다. 지금 내가 밟고 있는 흙은 내가 처음인 것이다.

"흙은 예민해. 그래서 자신이 경험했던 공기, 바람, 햇볕, 사람들을 기억에 붙잡아두고 있어. 자신에게 닿았던 모든 것들에 대한 기억을 색깔로, 혹은 질감으로 새기고 있는 거지. … 심리 부검하는 것 같았어. 발굴하는 거 말이야."

정아 누나 목소리가 떨렸다. 그때 준수 형 목소리가 피트 안 무더운 공기를 헤치며 날아들었다.

"모두 이쪽으로 와봐라. 어마 무시한 것이 나온 것 같다야."

정아 누나는 벌써부터 사다리를 오르고 있었고, 내가 준수 형 피트에 도착했을 때는 모두들 모여들어 웅성거리는 소리를 내고 있었다.

패각을 무덤 삼아 누워 있는 인골인 것 같다는 말을 했다. 많은 부분이 사라지고 대신에 두툼한 모래흙과 잘게 부서진 조개껍데기가 메우고 있었다. 사질 혼패층이라고 불리는 토층이었다.

252

"겁나게 잘생기신 분 와주셔서 감사합니다."

준수 형이 말했다. 누군가 준수 형은 인골 복원을 해본 적이 있어서 두개골을 보면 대충 그 사람의 얼굴을 그려볼 수 있다는 말과 함께 발굴 중에 인골을 발굴하는 것은 천운이라는 말도 했다.

북어포와 과일, 소주로 간단하게 제사상이 차려졌다. 처음 발굴 시작 전에 개토제라는 지신에게 땅을 열게 되었으니 이해해달라는 예를 지냈지만, 인골 발굴을 할 때는 따로 또 제사를 지낸다고 했다. 현장에 있던 모든 사람들이 절을 했다. 두 번의 큰 절과 한 번의 반배. 죽은 사람에 대한 예와 같았다.

"골반 뼈 여그가 삼각형인 게로 남자구만. 나이랑 더 자세한 것은 뼈 분석을 해봐야 알 것이고."

준수 형은 연방 카메라 플래쉬를 터트리면서 인골을 주의 깊게 보면서 말을 하고 있었다.

"이 사람 눈매가 아주 깊어. 입은 아주 신중하고. 나는 이런 사람이야 하고 얘기해주는 것 같아."

정아 누나의 목소리도 흥분으로 조금 떨리고 있었다.

인골 주변에 수많은 색색이 구슬이 흩어져 있었다. 구슬을 꿰었던 실은 삭아 없어진 지 오래되었다고 했다. 구슬의 크기는 쌀알보다도 작은 것도 옥수수 알갱이 정도 되는 것도 길쭉한 모양도 있었다. 정아 누나는 입김에 구슬이 날아갈까 봐 마스크를 하고 있었다. 정아 누나 말에 누군가 남자 인골인데 이렇게 화려한 장신구는 어울리지 않는다며 이상하다는 듯 말했다. 또 다른 누군가는 여태까지 발굴된 남자 인골들 부장품은 칼이나 창 같은 무기류밖에 없었다고 말했다.

"무덤이 아닌 곳에서 발굴된 인골도 한반도 최초야. …이 사람 나 예쁘지 하고 묻고 있는 것 같지 않아?"

정아 누나 말대로 인골의 모습은 치장한 자기를 자랑하고 있는 것 같았다. 두 눈이 있었던 자리는 나는 한 번도 담아보지 못했던 것들을 가득 담고 있는 신비로운 동굴처럼 보였고, 누군가를 향해 미소를 띠었을 입이 있던 자리는 가지런한 치아가 부드럽게 맞물려 있어 여전히 미소가 머물고 있는 것 같았다.

정아 누나는 핀셋으로 구슬을 집어내고 그곳의 흙을 붓으로 털어내고 다시 그 위치에 놓는 작업을 수없이 반복했다. 털어낸 흙도 버리지 않고 포대에 넣었다. 작은 구슬들이 흙에 쓸려갈 수 있어서 따로 고운 체질을 해야 한다고 했다. 그 일은 하루 종일 진행되었다.

〈전남 주남 영서리 패총에서 한반도 최초의 여장 남자 인골 발견〉

254

신문들은 하나같이 이런 제목을 단 기사를 실었고, 영서리 패총에는 여장 인골 때문에 많은 전문가와 기자들이 찾아왔다.

　정아 누나와 다시 찾은 땅의 끝은 변함없이 바다의 시작이었다.

"이거. 내가 너 줄게"

　정아 누나가 발굴된 새 모형 토기를 내밀었다. 복원을 해서인지 완벽한 모습이었다.

"도둑질 아니에요? 유물을 이렇게 개인적으로 주는 거요."

"괜찮아! 괜찮아! 받아둬"

　정아 누나는 웃으면서 장난치듯 말했다.

"누나 고고학자가 아니라 도굴범이에요?"

"아휴! 우리 희 엄청 단단해졌어. 속여 먹을 수가 없네."

"그게 무슨 말이에요?"

"체험학습 도구 만드는 후배한테 부탁했어. 놀라긴, 안심해. 복제품이야. 네 것 가져갔잖아. 새는 인간의 영혼을 하늘로 데려간다고 했어. 네가 가지고 있는 친구가 만든 토우 생각이 나더라. 그 친구가 품었던 염원이 하늘에 닿았으면 해서."

　나는 아무런 말없이 정아 누나가 내민 새 모양 토기를 받아들었다.

　정아 누나가 고개를 끄덕거리며 다시 말했다.

　"네 마음의 짐도, 여기에 턱 내려놓으시게. …친구가 있었어. 그 친구가 그만둔 이유를 알고 싶었어. 스스로 사는 것을 그만뒀거든. 여전히 알 수 없지만 발굴을 하면서 그 친구를 미워하지 않게는 되었어. 그때 바닷가에서 본 네 뒷모습 말이야. 미워하는 것 같았거든. 그때는 누구를 미워하는지 알 수 없었는데 이제는 알 것 같아. 너는 너를 미워하고 있었던거 아닐까? 네가 할 수 있는 일이 있을 것 같았어. 그 일은 그 친구를 위해서이기도 하지만 너를 위한 일인 것도 같았거든."

　집에 돌아와 정후를 차단 목록에서 해제했다. 곧바로 사진이 왔다. 여장을 한 너였다. 작년 여름 퀴어 축제에서 너 몰래 찍었다는 정후의 멘트도 있었다. 너는 긴 생머리에 분홍색 원피스 차림이다. 예뻤고 행복해 보였다.

예쁘네. 행복해 보이기도 하고.

엉, 많이 예뻤고, 세상 행복해 보였어. …불안해하기도 했고. 혹시 아는 사람 눈에 띌까 봐. 겨우 이 사진 한 장 남겼어.

늘 불안하고 무섭고, 그런 시간을 보낸 거네.

나 너 질투했었어. 너만 바라보는 희준이 미웠어. 제대로 알지 못했을

256

때. 나는 희준이 나랑 같은 사람이라 생각했어. 그냥 게이로 살아가도 괜찮을 거라 생각했지. 그런데 약간은 다른 사람이더라고. 희준이는 여자였어. 여자로서 남자인 널 좋아하는 거였어. 너니까.

네 인형이 있어야 할 곳을 알았다. 흙을 II-9, 혼패층 깊이로 깊숙이 파내려갔다. 새 모형 토기가 발굴된 곳과 같은 깊이여야 할 것 같았다. 인형과 새 모형 토기를 넣고 흙으로 덮었다. 너의 마음이 하늘에 닿기를, 영혼이 새처럼 자유로워지기를. 어떤 모습이어도 난 널 알아볼 수 있을 거라는 생각을 했다.

작가의 말

    지난가을 문득 패총 발굴장에서 만난 도마뱀이 생각났습니다. 보호색을 띠고 있어 흡사 나무뿌리 같았던 도마뱀은 놀랐는지 꼬리를 떼고 달아났습니다. 그때는 도마뱀이 꼬리를 떼고 달아나는 일이 간단하고도 무정하게 보였습니다. 그러나 얼마 전 도마뱀이 꼬리를 떼어내는 일은 생존을 위해 중요한 것을 포기하는 선택이라는 사실을 알게 되었습니다. 도마뱀에게 꼬리는 에너지 저장소이자 보조 이동 수단이며 상대에게 매력을 보여줄 수 있는 기관이라고 합니다. 꼬리를 재생하는 동안 도마뱀은 성장도 사랑도 하기 어렵다는 사실을 알고 나니 패총에서 만난 도마뱀은 살아 있지만 어쩌면 죽음과도 같은 상태가 아닐까 하는 생각이 들었습니다. 누군가는 그랬습니다. 성장과 생식을 할 수 없다면 삶을 지속시킬 많은 이유가 사라지는데 이해되지 않는 생존 방식이라고요. 하지만 그럼에도 도마뱀이 잘 지냈으면 좋겠습니다.

어느 여름날 다시 찾을 패총에서 사랑을 나누고 있는 도마뱀 한 쌍을 보고 싶습니다. 그중 한 마리는 눈에 띄는 모습이기를 바랍니다. 머리와 몸통은 온통 초록색이지만 꼬리 부분은 유독 가늘고 까만색을 띠고 있기를 바랍니다. 지난 날 꼬리를 버린 그 도마뱀이기를 바랍니다.

존재에 대한 부정은 누군가를 절망 속으로 떠미는 행동임을, 이런 '부정'으로 인해 죽음으로 떠밀린 존재들을 알게 되었습니다. 그동안 외면해왔던 죽음들이었습니다. 죽음 뒤에야 비로소 알게 된 그 존재들에 대해 생각했습니다. 너무 멀어 현실적이지 않았던 존재들이었고 가까이하기엔 부담스러운 존재들이었습니다. 이제는 그 존재들에 대해 끊임없이 기억하고 불러내야만 그들이 조금은 덜 위태로워진다는 걸 알게 되었습니다.

여전히 우리 사회 어떤 구성원들에게는 성 소수자 정체성이 혐오의 대상입니다. 혐오의 감정이 주는 두려움은 한 사람이 감당하기 어려운 무게일 겁니다. 혐오로 인해 그들이 불행하지 않기를 바랍니다. 혐오 때문에 사랑을 포기하지 않고 무엇보다 삶을 멈추지 않기를 바랍니다.

성 소수자들이 그들의 사랑을 숨기지 않고 평범한 사회 구성원으로 받아들여지는 때를 생각합니다. 그들은 우리 곁에서 행복할 것입니다. 절망을 떠나보내고 자기의 자리를 굳건히 지켜내는 사람들이 될 것이고 그렇게 잘 늙어갈 것입니다.

그런 날을 떠올리며 그들의 경계심 없는 등을 오래도록 바라보고 싶습니다. 큰 목소리로 맨 앞에 서지는 못 하더라도. 멈추지 않고 그들의 등 뒤에서 떠나지 않고 자리를 지킬 것입니다.

당신의 삶이, 당신의 사랑이 안녕하기를 바랍니다.

김한아

사랑의 고고학—읽다, 파다, 스며들다

장은수 문학평론가, 편집문화실험실 대표

김한아는 《사랑을 말할 때 우리는》을 통해 '사랑의 고고학'을 실천한다. 작가는 섬세한 언어의 솔질로 기억의 지층을 굴착해 사랑의 흔적을 발굴해내는 것이다. 열세 살에서 열여덟 살까지, 어린 나이에 주로 첫사랑의 형태로 파묻힌 이 사랑은 퀴어의 형태로 존재하기에 낯설고 두렵고 들끓고 뜨겁고 위험하고 조심스럽다.

이 책에 담긴 청소년 퀴어 서사를 꿰뚫는 동사는 세 가지, '잃다, 파다, 스며들다'이다. 소설의 화자들은 모두 상실 이후를 살아간다. 〈우리들의 우리들〉의 은푸른하늘은 아빠가 없고, 〈어리고 젊고 늙은 그녀들, 스미다〉의 서해림은 엄마가 세상을 떴고, 〈사라지는 사라지지 않는〉의 강희는 친구를 영원히 잃었고, 〈사랑을 말할 때 우리는〉의 장한나는 언어를 빼앗겼다. 사랑과 상실의 결합은 에로스를 더 애타게 하지만, 투사할 대상을 잃은 주체의 우울도 똑같이 깊게 한다.

사랑과 상실의 정체를 해명해보려는 마음이 두 번째 운동, 기억의 흔적을 모으고 되새기고 파고드는 운동을 일으킨다. 겉면의 인간 안에 있는 속살의 인간을 이해해보려는 이 운동이야말로 인간을 성숙하게 하는 과정이다. 인간의 진짜 모습은 내면의 빛이 반짝이는 영역에 있다는 것, 이 웅숭깊음을 정직하게 응시하고 수용할 수 있을 때 비로소 아이는 어른이 된다. 소설의 화자들은 모두 기억의 지층을 파고들면서 '망각'에서 '발화'로, '침묵'에서 '대화'로, '죽음'에서 '불멸'로 움직여간다. 잃은 후에야 비로소 시작할 수 있었기에, 이 과정은 너무나 아프고 안타깝다.

상처를 핥아 위무하고 화자에게 살아갈 힘을 주는 것은 '스며드는 운동'이다. "냄새는 서로의 마음에 스미"고, '희'라는 이름은 "살갗에 스미는 느낌"이며, "옅은 어둠이 입김에 날리는 목탄처럼 부드럽게 흩어져 하늘에 스며"든다. 서로의 삶에 대해, 서로의 마음을 향해 스며드는 운동이야말로 사랑의 존재 형식이고, '홀로'를 '함께'로 만드는 마음의 진동이다. 엄마를 잃고 방황하는 소녀 서해림과 트랜스젠더로서 두 번째 삶을 살아가는 실험 고고학자 스미 씨, 광주의 상처를 안고 살아가는 응애 여사가 세대를 가로질러 밥상 공동체를 이루는 〈어리고 젊고 늙은 그녀들, 스미다〉는 특히 감동적이다. "말하는 사람은 진심이제만 듣는 사람이 고것이 진심이 아니라고 생각해불면 안 믿제. 애간장 타들어가도록 말해도 안 믿어. 그런 시상은 치가 떨린당께." 이로써 광주의 서사가 퀴어의 서사가 만나 "우리들의 우리들"을 이루게 되었다.

추천의 글
사랑을 말하는 얼굴
김현 시인

어떤 소설은 이토록 반가울 수도 있다.《사랑을 말할 때 우리는》은 십 대 게이, 레즈비언들의 사랑 이야기와 성 소수자와 그들을 있는 그대로 받아들이고 지지하고, 그들과 연결되는 앨라이들의 다채로운 삶을 담고 있다. 비혼모를 중심으로 트랜스 여성, 십 대 이성애자와 게이가 대안 가족을 이루기도 하고, 십 대 자립 여성은 트랜스 여성, 독거노인과 자매애를 나누며, 같은 반의 레즈비언 커플을 응원하는 씩씩한 십 대들이 등장하기도 한다. 그래서 이 소설집을 다 읽고 나면 "사랑을(연대를) 말하는 사람들 표정은 다 닮아 있다"라는 문장에 한동안 사로잡혀 있게 된다.

《사랑을 말할 때 우리는》은 '사랑의 얼굴'이 특정한 성별,

성 정체성, 성적 지향을 가진 이들만의 전유물이 아니라는 단순한 진리를 새삼 확인하게 한다. 당신은 이 소설집을 통해 아마도 당신이, 우리가 사랑을 말할 때 어떤 모습인지를 떠올려보게 될 것이다. 가령, 누군가와 마주 앉아 이야기를 나누는지, 내 입술을 다른 입술에 포개는지, 나의 숨을 타인에게로 불어 넣는지, 그렇게 함께 호흡하는지. 그리고 그 모든 생각 끝에 당신은 그전보다 조금은 더 용기 있게 말하게 될 것이다. "진심(해하지 않는 마음)은 그냥 알아지는 것" 같다고. 누군가의 마음을 세대로 알아보려는 성실함이 바로 '사랑의 태도'라고.

사랑을 말할 때 우리는

1판 1쇄 찍음 2020년 11월 20일
1판 1쇄 펴냄 2020년 12월 1일

지은이 김한아
펴낸이 안지미
편집 박승기
디자인 안지미 이은주
제작처 공간

펴낸곳 (주)알마
출판등록 2006년 6월 22일 제2013-000266호
주소 04056 서울시 마포구 신촌로 4길 5-13, 3층
전화 02.324.3800 판매 02.324.7863 편집
전송 02.324.1144

전자우편 alma@almabook.com
페이스북 /almabooks
트위터 @alma_books
인스타그램 @alma_books

ISBN 979-11-5992-323-4 03810

이 책의 내용을 이용하려면 반드시 저작권자와 알마 출판사의 동의를 받아야 합니다.
이 책은 전라남도, (재)전라남도문화재단의 후원을 받아 발간되었습니다.

이 도서의 국립중앙도서관 출판예정도서목록CIP은 서지정보유통지원시스템 홈페이지
http://seoji.nl.go.kr와 국가자료종합목록 구축시스템 http://kolis-net.nl.go.kr에서
이용하실 수 있습니다. CIP제어번호 : CIP2020047479

알마는 아이쿱생협과 더불어 협동조합의 가치를 실천하는 출판사입니다.

종이 표지_비비칼라 185g/㎡ 본문_전주 그린라이트 80g/㎡